JN306267

灰狼侯爵と伯爵令嬢

Ryo Hayase
早瀬亮

Honey Novel

Illustration

成瀬山吹

CONTENTS

心地よい風が流れる、昼下がりの午後。

暖かな日差しが降り注ぐなだらかな丘には、クローバーが一面に咲き、大きな木が一本生えていた。

葉影がゆらゆらと不規則に揺れるその下に私は座り、頭に花冠《はなかんむり》を乗せて、お気に入りの焼き菓子を食べていた。

ふと、母は針を動かす手を休めて顔を上げた。隣には母がいて、いつものように刺繍《ししゅう》をしていた。

「あらあら、どうしたの？」

母は少し首を傾《かし》げた。

「美味《おい》しい焼き菓子があるの。いらっしゃいな」

母が手招きすると、しばらくして、低木の茂みの奥からそれが姿を現した。まるで警戒するよう、じりじりと近づいてきた。

それは、人だったのか。それとも、動物だったのか。

不思議なことに、私は近づいてきたのがなんだったのかまったく覚えていない。

なにしろ母は、庭に不意にやってくる狐《きつね》や窓辺で羽根を休める小鳥、花々の間を飛び交う蝶《ちょう》や庭の木に巣を張る蜘蛛《くも》など、どんな生き物に対しても、優しく接する人だったから…。

ただ、近づいてくる姿を見て、非常に驚いたことは覚えている。

さらに、私をじっと見る瞳《ひとみ》にも。

日の光を反射して煌《きら》めく二つの瞳は、とてもきれいだったのだ。

「さ、ここに座って。これでお拭《ふ》きなさい」

母はハンカチを出した。きれいな葉模様の刺繍が施された、いい匂《にお》いのするハンカチだ。

「私の乳母《うば》のロマエというのだけれど、お菓子作りが上手なの。ロマエの焼き菓子はとっても美味しいのよ」

ロマエが作る菓子はほっぺが落ちてしまうほど美味しくて、食べるととっても幸せになる。

「サリュ、お菓子をひとつ分けてくださいな」

ひとりでは食べきれない量が入っていたかごを私が抱え込むと、母はくすっと笑った。

「まぁ、サリュの食いしん坊さん。たくさんあるのだから、お友達と一緒に食べましょうね。明日また、ロマエが焼いてくれますよ」

母に言われ、私はかごの中から焼き菓子をひとつ取り、差し出した。

甘くていい匂いがする菓子だ。誰もがすぐに手を伸ばしたくなるはずだ。なのに、二つの煌めく瞳は、焼き菓子をじっと見つめているだけだった。

見ているのだから、興味はあるのだろう。

独り占めしようとしたのは意地悪だったかも…、とちょっぴり後悔する。

「どうぞ」
さらに手を差し出すと、それは躊躇《ためら》いながらも受け取った。
母はにこにこ笑っていた。
「ロマエのお菓子、美味しいよ。本当よ」
私がぱくっと食べてみせると、それはおずおずと口にした。
すると、瞳が輝いた。
美味しかったのか、すぐに、ぱくぱくと食べだして、あっという間に平らげた。
もうひとつ焼き菓子を手渡すと、今度はゆっくりひとくちずつ味わう。
美しい瞳が私を見た。
暖かな、とても優しいまなざしだった。
私が笑うと、それの瞳が瞬《またた》いた。笑ったのだ。
私はなんだか恥ずかしくなって、食べかけだった焼き菓子を頬張《ほおば》った。

「こんなところにいたのか、サリーディア」
台所で洗い物をしていたサリーディアは、手にしていた陶器製の器を危うく落としそうになった。

「お義兄様《にいさま》！」

サリーディアは琥珀色《こはくいろ》の瞳を見開いた。義兄のダミアンがずかずかと台所に入ってくる。

ここには来ないと思ったのに…。

邸内をあちらこちらと探し回っていたのだろう。サリーディアを見つけたダミアンは嬉《うれ》しそうな顔をし、熱いまなざしを向けてきた。

サリーディアの父ミルドレン伯爵の再婚で義母となったハンドラの連れ子として、ダミアンは邸《やしき》にやってきた。三年前のことだ。

ダミアンはサリーディアの三つ年上の二十歳。金色の房飾りのついたベージュ色の上着の下に、朱色のウエストコートという派手な色合わせで着こなす洒落者《しゃれもの》だ。黒髪に黒い瞳のハンサムな貴公子で、外見だけなら若い娘は誰もがダミアンに恋をするだろう。

かくいうサリーディアも、義兄として慕っていた時期があった。けれど…。

昨年父が馬車の事故で亡くなってから、ダミアンは変わった。やたらとサリーディアにまとわりつき、人目を憚《はばか》らず恋人のように振る舞うようになったのだ。

サリーディアの栗色《くりいろ》の艶《つや》やかな髪や、白い肌を美しいと賛美し、髪の香りを嗅《か》いだり、肩や腰など身体《からだ》に触れようとしたり。果ては、いきなりソファーに押し倒して口づけしようとしたこともあって、今は近くにいるのも嫌だった。

ダミアンが自分を義妹ではなく、女として見ているのだと気づいたからだ。

素行も極端に悪くなった。使用人に手をつけるようになったのだ。中には、婚約者がいるのに無理やり処女を奪われた娘もいたようだ。立て続けに二人が辞めて、近隣で悪い噂《うわさ》が広がり、行儀見習いで邸に勤めに来る若い娘はいなくなってしまった。

「何かご用ですか？」

「最近姿が見えなかったのは、ここにいたからなのか。台所は盲点だった」

ダミアンはさわやかに笑った。

「殿方が台所や使用人棟に足を踏み入れるのは、よろしくないのではありませんか？」

以前は素敵だと思っていた笑顔も、ちっとも魅力的に映らない。

「それならお前だって同じだ。貴族のレディはこんなところへ来ないだろ？」

貴族のレディと言われ、サリーディアは身体の奥から怒りが湧《わ》いてくるのを感じた。

今の私が貴族のレディと言えるのかしら。

「私のことより、お義兄様が台所に入ったとお義母様が知ったら……」

私が叱《しか》られるわ。

ダミアンが問題を起こせば、たまたま近くにいたというだけで、何もしていないのにすべてサリーディアが悪者になってしまうのだ。

「お前が言わなければバレやしないさ。ところで、とてもいい匂いがするな」

近くの農家の子たちが来ていたので、さっきまで焼き菓子を作っていた。サリーディアの焼き菓子は子供たちに人気だ。家から小麦粉や卵、バターや蜂蜜《はちみつ》などを持ってきて、作ってくれとせがむ。サリーディアも子供たちが来るのを楽しみにしていたし、焼き菓子が食べられる台所頭は、子供たちが来ても見て見ぬふりをしてくれていた。

台所の隣には、半地下の食料貯蔵庫がある。高い位置に明かり取りの窓があるので、サリーディアはそこで読書をしたり、刺繍をしたりして、ダミアンと会わないよう過ごしていた。

台所にいるのを見られてしまったので、貯蔵庫もいずれ見つかるだろう。居心地がいい場所だったのに。またどこか探さないと…。

「何か作っていたのか？」

「え、ええ…」

サリーディアが言い淀《よど》むと、近くにいた台所頭は何食わぬ顔で傍《そば》の戸棚の扉を開け、片づけでもするようにティータオルのかかったかごをそっと中へ押し込んだ。

かごの中には焼き菓子が入っている。これはサリーディアと台所頭の分だ。洗い物を済ませたら、二人でお茶にする予定だったのだ。

焼き菓子を作ってくれるサリーディアと、場所を貸してくれる台所頭のために、子供たちはいつも少し余分に材料を持ってきてくれる。おかげで、サリーディアと台所頭は焼き菓子の相伴《しょうばん》にあずかっている。

ダミアンに見つかると自分の分が取られてしまうので、台所頭は焼き菓子を隠したのだ。

「焼き菓子か？　では、俺と一緒にお茶にしよう」

「子供たちに持たせてしまったから、残っていません」

「全部やることはないだろう。我が家の台所で、薪《まき》も使っているのに」

途端に機嫌が悪くなった。ダミアンは感情の起伏が激しい。外面はいいが、些細《ささい》なことで突然怒りだしたりするのだ。

焼き菓子を出しましょうか、と台所頭が視線で訴えてきたけれど、サリーディアはダミアンに気づかれないよう、ほんの少し目を細めて止めた。ここで出せば、隠していたのか、とさらに怒るだろうから。

「材料は子供たちが持ってくるの。うちにはバターや蜂蜜の余分なんてまったくないわ。それに、窯《かま》の余熱で焼いているから、薪は一本も使っていないし」

ダミアンはちっと舌打ちした。言い返されたのが気に入らないのだ。これ以上機嫌が悪くなると当たり散らすようになる。

お茶だけでもつき合わないといけないかしら、とサリーディアが思案していると…。

「ダミアン様！」

開いていた台所の扉から、ハンドラ付きの侍女が中を覗《のぞ》き込んでいた。ダミアンは一瞬、しまった、という顔をする。台所にいたことを侍女が告げ口するからだ。

「なんの用だ」

「ハンドラ様がお呼びです」

「お、俺を？」

ダミアンは言葉を詰まらせた。ハンドラにガミガミ怒られると思ったのだろう。

「お呼びになっているのはサリーディア様です。すぐに来るようにと」

「私？」

サリーディアは驚いた。ハンドラに呼び出されることなどめったにない。だが、呼び出されるとろくなことがないのだ。

「お急ぎなの？」

「呼んでくるようにと言われただけなので、存じません」

言い捨てると、侍女は足早に去っていく。サリーディアがダミアンと台所にいた、とハンドラに告げ口しに行ったのだ。気づけば、ダミアンもいなくなっていた。

「お義兄様って、なんて逃げ足が速いのかしら」

ダミアンと過ごさなくてもよくなったが、一難去ってまた一難だ。

サリーディア様、と台所頭が気遣わしげに声をかけてくる。

「またお義母様に叱られるわね」

サリーディアは肩を竦《すく》め、お怒りがすぐに静まればいいけれど、と溜息《ためいき》をついた。

サリーディアはミルドレン伯爵家の正式なひとり娘だ。いや、だった、と言ったほうが今は正しいかもしれない。

サリーディアの母は没落した子爵家のひとり娘で、美しかった母は父に見初《みそ》められて嫁《とつ》いできた。子爵家の財政難を救うための身売りだと、おしゃべりな使用人が話しているのを小さい頃に聞いた。

『あらあら、そんなことを聞いたの？』

泣きながら母に問うと、母は微笑《ほほえ》んだ。否定はしなかったから、使用人の話は本当だったのかもしれない。

『サリーディア、レディは運命の歯車を持っているの。もちろんあなたも持っているのよ』

『運命の歯車？』

『そうよ。あなたの歯車にぴったり合った歯車を持っている殿方が、どこかにいるの。いつ回り始めるかはわからないわ。回り出して、この方だわ、って初めて気づくのよ』

『私の運命の歯車を回してくださる方がいるの？　私にもわかる？』

『ええ、あなたにもきっとわかるわ』

出会いがどうであれ、父が母を愛していたのは間違いない。そして、母も父を愛したのだ。

『あなたもいつか、愛する人と出会うでしょう。あなたの運命を回してくれる人と』

その日が待ち遠しいわ、と母は幸せそうに呟《つぶや》いた。

身体が弱かった母は、サリーディアひとりしか産めなかった。サリーディアを産んで母の身体はさらに弱くなり、跡継ぎが女だったので父はがっかりしたのだろうか。邪険にはされなかったが、抱きしめられた記憶もなかった。

父の背中ばかり見ていた気がする。

その分、母はたくさんの愛情を注いでくれたが、サリーディアが十四歳の時に亡くなった。

あれから、お父様は変わってしまわれた。

母が亡くなると父は王都の別邸に行ったきり、邸には戻ってこなくなった。

そして、一年経《た》って戻ってきた時、当時未亡人だったベネルペ男爵夫人のハンドラを再婚相手として連れていた。

サリーディアには青天の霹靂《へきれき》だった。母を深く愛していた父が、母の喪が明けたと同時に新しい妻を娶《めと》るとは思わなかったのだ。

父は親族の反対を押しきって再婚した。

親族といっても遠縁だ。ミルドレン伯爵家から資金援助を受けていた手前、彼らは強く反対できなかったのだろう。

あの方たちはどうしているのかしら。お義母様が援助するとは思えないし。

離散してしまったのかもしれない。

ハンドラは自ら、伯爵家の女主人と公言している。ミルドレン伯爵家をダミアンに継がせる気なのだろう。ベネルペ男爵位は国王に返還したのだと聞いた。

使用人の顔ぶれもすっかり変わり、邸の中も一変した。相談できる人が誰もいなくなったサリーディアは、現在、自分の立場がどうなっているのかよくわからない。

わかっているのは、伯爵家は財政難に陥っている、ということだけだ。

「お義母様、サリーディアです」

居間へ行くと、そこにはハンドラと義妹のモンテロナがいた。

モンテロナはサリーディアのひとつ下で、十六歳だ。ダミアンと同じくハンドラの連れ子なので、サリーディアと血の繋《つな》がりはない。黒髪と黒い瞳だが、顔はハンドラにもダミアンにも似ていない。鶏《とり》ガラのように細いハンドラと違って、身体つきはふくよかで肉感的だ。

客も来ないのに、ハンドラたちはいつも華美なドレスを纏《まと》っている。大きな宝石がついたネックレスやイヤリングもだ。

小さい粒でも、本物の宝石を身につけたほうがいいと思うのだけど…。

ハンドラのダイヤは多分本物だが…、といっても、近くで見てみなければ正確なところはわからないが、モンテロナのルビーは間違いなくイミテーションだ。

「何かご用でしょうか?」

「呼んだらすぐに来なさいよ」

モンテロナが苛立たしげな顔をする。

「おやめなさい、モンテロナ」

叱責されると思ったが、ハンドラはサリーディアに微笑みかけるほど上機嫌だった。

まあ、珍しい。嵐が来るかもしれないわ。

同じ邸内で暮らしていても、顔を合わせることはほとんどない。半年ほど前から、サリーディアは使用人棟で暮らしているからだ。居間に入ったのも二週間ぶりだ。

「サリーディア、あなたにドレスを作ってあげるわ」

サリーディアは驚いて目を見張り、私に？　と思わず聞き返した。

本当に嵐が来たら、どうしましょう。

「あなたももう十七歳だから、ドレスの一枚くらい持っていないと」

「でも、ドレスを仕立てるのはお金がかかるからと…」

ドレスどころか、身の回りのものすらなかなか買えない。

村の娘たちは、嫁入り道具のブラウスやハンカチへの刺繡を頼みに来る。サリーディアはお祝いとして刺してあげたいのだけれど、皆、サリーディアの苦境を知っていて、少しですが、と手間賃を置いていくのだ。その金でなんとかやりくりしている。

「ええそうよ。生地代も仕立て代もバカにはならないわ。ですが、夜会を開きますからね。それなりの格好をしてもらわなければ」

「王都の別邸で開くのですか？」

「いいえ、この邸よ」

こんな田舎《いなか》にお客様が来るのかしら。

デオダラン国の地方貴族は、王都に小さな別邸を持っている。社交のシーズンになると地方の所領から王都に集まり、王宮での舞踏会や晩餐会《ばんさんかい》に出席する。それ以外にも、王都のどこかの邸で、毎夜何かしらの夜会が催されているのだが…。

こんな時期に夜会なんて…。

父が亡くなった頃、隣国パミルとの国境付近でパミルの少数民族の反乱が起こり、国境視察に出向いていたデオダラン国王が、正体不明の刺客に襲われる事件があった。

国王の傍にいた『灰狼《はいろう》侯爵』の異名を持つ、ヴィンセント・ホズウェル侯爵が盾《たて》となり、国王はかすり傷一つ負うことはなかった。しかし、剣を振るって国王を守りきったホズウェル侯爵は、大怪我《おおけが》を負ったと聞いている。

灰狼という名は、ホズウェル侯爵がデオダラン国の民とは異なった外見だからだという。灰色の髪をした見上げるほどの大男で、恐ろしい異相だという噂を聞いていた。

少数民族の反乱はパミルが鎮圧したものの、きな臭い情勢は未《いま》だ続いているようだ。そもそも、デオダランとパミルはあまり仲がよろしくない。パミルは反乱を利用してデオダラン侵攻を画策していたようで、それを押さえ込むため、国境付近にはデオダランの軍隊が駐留したままなのだ。

とはいえ、王都は国境からかなり離れている。あれから一年ほど経ち、自粛していた夜会が開かれ始めているらしい。

この辺りでも、ミルドレン伯爵家のことを根掘り葉掘り聞く行商の男がいたと騒ぎになり、こんな田舎にまでパミルの間諜《かんちょう》が入り込んでいるのか、と寄ると触るとその話になったが、いつしか話題にも上らなくなった。

ここは地方だ。王都の別邸のように、互いの邸へ馬車で気軽に行き来できるような場所ではない。隣接する所領を持つ一番近い貴族を訪ねるにも、馬車で半日揺られていなければならないのだ。

だいたい、うちにそんな余裕があるの？

晩餐会ともなれば正式な招待状を送り、献立もそれ相応なものを準備する必要がある。小さな茶会でも招く側はかなり気を遣う。美味しいお茶や菓子は当然のこと、茶器や花などのテーブルセッティングは、女主人のセンスが試されるのだ。

お茶会だったら、晩餐会ほどお金はかからないのに。

母の形見のティーセットは、部屋の物入れの一番奥にしまってある。

だけど、お義母様があれを見たら、売り払ってお金に換えてしまうでしょうね。あら…、時計がないわ。また売ってしまったのね。

マントルピースの上に飾ってあったはずの、金の置時計がなくなっていた。

「ささやかなものよ。晩餐会というより、親しい方々を招いての、サロンかしらね」

気軽な夜会も準備は必要だ。一年前と比べ、使用人は半数以下に減ってしまっている。お好きになさればいいけれど、使用人たちは皆、嫌がるでしょうね。

「よかったわね、サリーディア。あなた、ろくなドレスを持っていないもの。今着ているのだって、継《つ》ぎ接《は》ぎなんでしょう？」

モンテロナが、憐《あわ》れむように言った。

「ええ、そうよ。裾《すそ》に刺繍を入れて、自分でも上手にできたと思っているの」

サリーディアがにっこり笑うと、モンテロナは鼻白んだ。

夜会に出られるようなドレスは持っていない。たくさんあったドレスは、どれも小さくなってしまった。生地は上等なので、解《ほど》いては自分で普段着に仕立て直している。モンテロナが言うように、今着ている服も継ぎ接ぎだ。けれど、サリーディアは十分満足していた。

「お義母様、お気持ちはありがたいのですが…」

「サリーディア、せっかくお母様がおっしゃっているのに、そんな恥ずかしい身形《みなり》でお客様の前に出るつもり？」

どうして私を引っ張り出そうとするのかしら。

「お客様をお迎えするとなると物要《ものい》りでしょうし、接待なんて…」

後々、ドレス代が高くついたという嫌みを聞きたくなかった。

「何を言うの。あなたもモンテロナ同様、ミルドレン伯爵家の令嬢なのよ」

ハンドラがにっこり笑う。

私は今でもミルドレン伯爵家の令嬢なのですか？

その問いを、サリーディアは呑み込んだ。

サリーディアは十七歳になったが、王都の別邸はもちろん、母の身体が弱かったこともあり、幼い頃から邸を離れて遠出したことがないのだ。

これでは、運命を回してくださる方と出会う機会すらないわね。あっ、でも…。

広大な丘に、クローバーが咲く風景が浮かんだ。

そう、あの丘には大きな木があって、木陰でお母様は刺繍をして、私はお菓子を食べていたわ。あれは…、どこなのかしら。

時々、ふっと思い出す風景。幼い頃の記憶のようだが、最近では、自分が作り上げた空想なのかもしれない、と思うようになっていた。

いくら探しても、邸の近くにクローバーの丘なんて、ないんですもの。

「いいですね、サリーディア。申しつけましたよ」

ハンドラの声で、おぼろげな記憶が弾《はじ》ける。

サリーディアは頷《うなず》くしかなかった。


翌日さっそく、ハンドラご贔屓《ひいき》の仕立屋が下女とともにやってきた。

邸にサリーディア付きの侍女はいない。男の仕立屋と二人きり、下着姿を晒《さら》して採寸したくなかったサリーディアは、下女の姿にほっと胸を撫《な》で下ろした。

いざとなれば、サリーディアには強い味方がいる。けれど、今は隣の小さな控えの間にいて、扉を開けてやらなければ入ってこられないのだ。

仕立屋は生地やレースの見本も携えず、ただ採寸に来ただけだった。

母が元気だった頃は、ロマエが身につけるものすべてを仕立ててくれた。身体に合わせるために何度も仮縫いし、丁寧に縫い上げられたドレスは裾捌《すそさば》きが美しくて着心地がよかった。ロマエは菓子作りも上手で、いつも作ってくれた。作り方も教えてくれた。

そのロマエも、もういない。

「お召しになっていた服は、見事な刺繍が施してございましたねぇ。どちらの仕立屋で？」

「さぁ、どこだったかしら…」

刺繍の技量を褒めてもらえたのは嬉しいが、さすがに自分で仕立てたとは言えなかった。貴族の令嬢は、ドレスの仕立てなどしないからだ。

ドレスや普段着の仕立てはロマエから教わった。刺繍は母からだ。貴族の女性は嗜《たしな》みとして刺繍をするが、母は卓越した技量を持っていた。色遣いは美しく、繊細で、母の刺繍は芸術品と言ってもよかった。

邸の使用人の結婚が決まると、母は自ら刺繍を施したハンカチを祝いにプレゼントしていた。それが欲しくて、近隣の若い娘はこぞって邸勤めをしに来たものだ。

ああ、お母様がいらしたら…。

母の笑顔と、サリュ、と呼ぶ優しい声を思い浮かべると、涙が出そうになる。

母とロマエが亡くなり、サリーディアを愛してくれる人は誰もいなくなった。

父の再婚で新しく兄妹ができると聞いた時は、心が弾んだけれど…。

今ではその存在が、サリーディアを脅《おびや》かしているのだ。

「お疲れさまでございました」

つらつら考えているうちに採寸は終わり、脱いでいた服を身につけようと手を伸ばすと、部屋の扉がいきなり開いた。

「もう済んだのか」

入ってきたのはダミアンだった。サリーディアは驚いて、慌てて服で身体を隠した。

仕立屋はダミアンに恭《うやうや》しく頭を下げて暇《いとま》を告げ、下女がそそくさと荷物を片づけると、引き止める間もなく二人は足早に去っていく。扉が閉まった。

「出ていってください！　無礼でしょう」

サリーディアは後退《あとずさ》った。まさか、ドレスの採寸場に来るとは思わなかったのだ。

「無礼とは酷《ひど》い」

ダミアンはにやにやと笑った。

「いいえ、レディの着替えを見るなんて、紳士にあるまじきことです。お義兄様は、モンテロナの着替えも覗くのですね」

軽蔑《けいべつ》の視線を向け、多少の嫌みを混ぜる。

「まさか。あんなヤツの着替えを見て何が楽しい。色黒で肥《こ》えていて、ちっとも美しくない。だが、お前は……」

ダミアンの下卑《げび》た目つきに鳥肌が立った。なんの目的で来たのか丸わかりで、身の危険を感じる。

「大声をあげます！」

「誰も助けに来ないさ。お前から誘ったと言えば、皆はそれを信じる」

サリーディアは唇を噛《か》みしめた。ダミアンの言うとおりだからだ。

「自分の立場をわかっているだろうに、どうしてそう頑《かたく》ななんだ。俺のものになれば、この邸でずっと暮らしていけるんだぞ」

父は母のものをすべて処分してしまった。母の部屋はハンドラの部屋になり、以前の面影は何ひとつ残っていなかった。母のティーセットと裁縫箱、刺繍を施したハンカチ数枚とショールが手元に残っているだけ。

だから、母との幸せな思い出が残っている邸から離れがたかった。

「俺の気持ちは知っているのだろう？　いい加減、応《こた》えてくれてもいいじゃないか」

なんとか扉を開けないと。

控えの間の扉を意識した。

走ってもダミアンに追いつかれ、押さえ込まれてしまう距離だ。サリーディアは走り出したい欲求をこらえ、奥にある控えの間の扉へとじりじり下がる。

「そっちは控えの間だ。なるほど、そこなら多少声を出しても見つからない」

控えの間に向かう意図を気づかれたか、と動揺したが、ダミアンは自分の都合のいいように解釈していた。

「俺は誰よりもお前のことをわかっているんだ。ひとりで寂しいことも、愛してくれる人が欲しいことも」

サリーディアは顔を赤らめた。

母がいない寂しさや、父に顧みられない辛《つら》さ。優しい義兄だと思っていたから、胸の内を吐露したのだ。

どうしてこんな人にしゃべってしまったのかしら。

「初めてだからな。わかるぞ。わかっているぞ。怖いことなどない。俺の手で、お前を夢見心地にさせてやる。ああ、サリーディア、やっとお前が手に入るんだ」

恋の詩でも朗読するように、ダミアンは目を閉じて呟いていた。その隙《すき》にサリーディアは駆け出し、ノブに飛びつき控えの間の扉を開けた。

待ち構えていたように何かが飛び出してきた。それは、体高六十センチはある大きな犬だった。グルルと低い唸《うな》り声をあげてダミアンと対峙《たいじ》する。

サリーディアの味方、『レディ・アッシュ』だ。

「ひっ！　あ…、アッシュ！」

ダミアンの声は裏返り、サリーディアににじり寄っていた足が止まった。アッシュは鼻筋に皺《しわ》を寄せて牙《きば》を剥《む》き出し、今まさに飛びかからんとしている。

「くそっ！　野良犬め！　捻《ひね》り倒してやるぞ！」

口では強気なことを言いながら、ダミアンは一歩も動かなかった。アッシュに襲いかかられると思うからだ。

「サリーディア、この野良犬を追い払え！」

アッシュを指差したが、喰《く》いつかれそうになって、慌てて手を引っ込める。

「お義兄様、怪我をしたくなかったら部屋から出ていって」

「どうしてだ、サリーディア。なぜ、俺の気持ちを受け入れてくれないんだ。俺がお前を愛しているのはわかっているだろう」

サリーディアは小さく首を振った。

「俺を慕っていたではないか！」

慕っていた。頼りにしていた時もあった。けれど……。

「義兄として慕っていたのです。それに、お義兄様は私を愛してはいない。若い使用人がいなくなってしまって、欲望の捌《は》け口《ぐち》にする対象が私しかいないからよ！」

サリーディアがきっぱり言うと、ダミアンは顔を醜く歪《ゆが》めた。

「そんな老いぼれ犬が、いつまでもいると思うなよ！　お前は自分の立場を考えたことがあるのか？　お前はもうすぐ……」

アッシュが大きな唸り声をあげたので、ダミアンは何かを言いかけて口を閉ざした。

「出ていって！」

「後で泣きついてきても、助けてやらないからな！」

ダミアンは吐き捨てると、アッシュに視線を置いたまま少しずつ後退りし、ある程度離れると、背を向けて一目散に逃げ出した。

サリーディアはほうっと息を吐き、しゃがみ込んでアッシュにしがみついた。アッシュが近くにいるから、怖くても強気でいられたのだ。アッシュはパタパタと尻尾《しっぽ》を振った。

「ありがとう、アッシュ。あなたがいてくれて助かったわ」

くうんと鳴き、アッシュは鼻面をサリーディアに寄せた。

「服を着てしまうわね。女の子同士でも、恥ずかしいから」

女の子、と言うにはアッシュは齢《とし》を取りすぎていた。老犬と言ってもいい。

母と二人で近くの森を散策していて、怪我をしたアッシュを見つけたのは八年も前のことだ。すでに成犬だったアッシュは、普通の犬よりも大きな身体だった。もしかすると狼《おおかみ》の血が混ざっているのかもしれない。森番に頼んで荷車で邸まで運んでもらい、そんな不吉なものに触れるなんて、とロマエが止めるのも聞かず、サリーディアは母と一緒に怪我の手当てをした。以来、邸に住みついていた。

ロマエが不吉と言ったのは、デオダランでは灰色が不吉な色とされているからだ。

「灰色の何が不吉なのかしら。私にはとても大切な色で幸運の色だわ」

アッシュは利口だ。今も、誰かが入ってきたら飛びかかろうと扉の前に陣取っている。

見つけた時は全身が濃い灰色だったので、アッシュと仮の名をつけた。怪我が治って身体を洗うと、頭から尾までの背の部分だけが濃い灰色で、他は白に近い薄い灰色だったのには驚いた。かなり汚れていたのだ。

身だしなみを整えたサリーディアがソファーに座ると、アッシュは足元に駆け寄ってきてサリーディアの顔を見上げた。サリーディアはアッシュの頭を撫《な》で、身を屈《かが》めて柔らかな毛皮に頬を寄せた。

「これからどうしたらいいのかしら」

邸にやってきた当初のダミアンは、よい義兄だった。ハンドラはサリーディアを無視し、モンテロナには敵対心を向けられた。しかし、ダミアンだけは優しかった。

ダミアンが言ったように、慕ってもいた。ダミアンが運命を回してくれる人なのかしら、と考えたこともあったのだ。

「アッシュ、あなたはお義兄様が来た当初から嫌っていたわね。あなたを信じればよかった」

自分はあまりに幼く愚かだったのだ、とサリーディアは思った。ダミアンの本当の姿に気づけなかったばかりか、二年もの間、ダミアンだけを頼りにしていたのだから。

半年前からサリーディアが使用人棟で暮らしているのは、身を守るためだった。

ハンドラが嫌がるので、アッシュを使用人棟に繋ぎ、別々に寝るようになってからのことだ。夜中にダミアンが部屋に忍び込んできたのだ。

大きな悲鳴をあげ、サリーディアは枕元《まくらもと》に置いてあった水差しを投げつけた。

大騒ぎになったが、ちょっとした悪戯《いたずら》だったのだとダミアンが言い、水差しが当って頭に怪我をしたことで、ハンドラはサリーディアを激しく叱りつけた。

機嫌が悪くなるとハンドラは手がつけられなくなる。新しい執事はハンドラの子飼いで、ハンドラの言うことしか聞かない。だから、意見できる者は誰もいないのだ。

「あの時、アッシュがいてくれたら追い払ってくれたのにね」

それからは、鍵をかけても壊して入り込んでくるのではないか、と怖くて眠れなくなってしまった。サリーディアの部屋が欲しいとモンテロナが言い出したのをきっかけに、これ幸いと部屋を譲り、自ら使用人棟に移ったのだ。

使用人棟の部屋は狭く、小さな寝台とささやかな家具があるだけだ。日当たりも悪くじめじめしている。けれど、アッシュが傍にいて安心して眠れるほうがマシだった。

「私が男に生まれていたら…」

父はもっと愛してくれただろうし、当主になる教育も施してくれたのではないかと思う。

現在のミルドレン伯爵家は、財政難に陥っていた。天候不順で作物の出来が悪く、税収が減り、管理していた荘園も、ここ一年でかなり手放してしまったようだ。

「売るものがあるうちはいいけれど、それすらなくなってしまったら」

さらに苦しくなっていくだろう。

身売りのように、どこかの金持ちの家に嫁げとハンドラに言われるかもしれない。

「それでも、お母様のように幸せになれたらいいけれど…」

自分の運命の歯車は回ることがないのかもしれない、とサリーディアは思った。

サロン当日。

邸は朝から慌ただしく、使用人たちはいつもの倍の早さで歩き回っていた。

サリーディアは午後になってすぐに湯浴みを済ませ、髪を梳《くしけず》ったものの、身支度のために用意された部屋の寝台に、ぽつねんと座っていた。当日になってもドレスが来ないのだ。

「いっそ間に合わなければいいのに」

ハンドラの機嫌が悪くなるだろうが、目的もわからない夜会に出なくても済む。

「お腹《なか》が空《す》いたわ」

早朝に食べたきりなので、さすがに空腹を感じる。

部屋には食べるものはない。食べるものどころか、何もかもがなくなっていた。

寝台はあるが、母が刺繍したクッションもベッドカバーもなかった。調度品だけでなく、壁飾りやカーテン、床に敷かれていた絨毯《じゅうたん》までない。すべて売ってしまったのだろう。

日が傾き始め、開いている窓から馬の嘶《いなな》きや馬車の軋《きし》む音が聞こえてくるようになった。

客が集まり始めたようだ。

「誰か、アッシュに食事を与えてくれたかしら」

台所の外に繋がれているアッシュが心配になる。

こっそり台所へ行こうかと考えていると扉がノックされ、返事をする前にハンドラの侍女二人が部屋に入ってきた。ひとりは箱を持っている。ドレスが来たのだ。

「時間がないので早くお召し替えください」

侍女たちはサリーディアの服を剝《は》ぐように脱がせると、箱から出した深紅のドレスを強引に着せつけた。

「待って、コルセットをつけていないわ！」

訴えても、侍女たちは聞く耳を持たない。

「なっ、何？　これ…」

鏡に映った自分の姿にサリーディアは茫然《ぼうぜん》となった。

身体にぴったり沿うように作られたドレスの胸元は、鳩尾《みぞおち》の下辺りまでVの形に開いていた。コルセットをつけていないので、胸の膨らみが半分露《あら》わになってしまう。というよりも、どうもはなからコルセットをつけない前提の意匠のようだ。

身体を屈めれば乳房は丸見えで、背中のほうはさらに深く、腰の辺りまでくってある。裾は引きずるほど長いが、左側には脚のつけ根までスリットが入り、歩けば太腿《ふともも》まで見えてしまう。

肌も露わなドレスはただただ下品で、目を覆いたくなるような姿だった。

「こんなのドレスじゃないわ！」

サリーディアが叫ぶと、侍女たちは笑った。

「裸でお出ましになられるのなら、それでもかまわないのですよ」

「そのほうがお客様はお喜びになられるでしょうね」

着ていた服と下着はすでに片づけられてしまい、嫌だと言えば、裸のまま人前に引き出されそうだ。

「お願い、ショールを取ってきて」

出ていこうとする侍女たちに追い縋《すが》ると、侍女たちは慌てて扉を閉めて外から鍵をかけた。

「…閉じ込められた」

サリーディアは力なく傍の寝台に腰を下ろした。

窓は開いているがここは二階だ。それに、こんな姿では逃げ出すこともできない。

「お義母様はいったいどういうおつもりで…」

招いた客の相手とは、酌《しゃく》をさせるためだったのか。

かなり安く上げたのだろう。ドレスの生地は薄くて仕立ても雑だった。引っ張るとすぐに破れてしまいそうな代物だ。

「ショールを持ってきてくれるかしら」

侍女が戻ってきたら、突き飛ばしてでも部屋から出てアッシュのところまで走ろう、とサリーディアは考えた。それ以外にここから出る手立てはない。

鍵の開く音がした。

侍女が戻ってきた、と寝台から立ち上がると、入ってきたのはダミアンだった。

「お義兄様！」

ダミアンはサリーディアを下から上へと舐《な》めるように見た。身体を隠せるものがないので、サリーディアは両腕で自分を抱きしめた。

「お義兄様、出ていってください」

「救いの神をそう邪険にするな。助けに来てやったんだぞ」

「どういう意味ですか？」

「今日の夜会は、お前を売るためのオークションだ。金持ちの貴族を集めて、母上は一番高値をつけた者にお前を売るつもりだ」

「まさかっ…」

ハンドラに疎まれているのは知っていた。けれど…。

お義母様はそこまで私のことを嫌っていらしたの？

「そのまさかだ。お前を競《せ》り落《お》とそうと好事家《こうずか》が集まっている。お前はその姿で人前に引き出され、男たちに身体を嬲《なぶ》られ、品定めされて買われるんだ。恐ろしいだろう。だが、俺のものになれば売られることはない」

「嫌です、お義兄様のものになるなんて。そのくらいなら、売られたほうがましです」

身売りのように嫁がされるかもしれないと考えてはいた。

それが現実になっただけよ。

サリーディアが覚悟を決めて拒否すると、ダミアンは目を細めた。

「集まっているのがどんな人間か、お前は知らないからそんなことが言えるんだ。一番にやってきたダーネル子爵は、お前の身体を散々楽しんだ後、商談相手にお前をあてがうだろう。娼婦《しょうふ》のように毎日違う男に抱かれ、使い物にならなくなったら無一文で邸を追い出される」

ダミアンの話に、サリーディアは息を呑んだ。

「だが、そんなのはまだ序の口さ。コドリー男爵は性具を使って苛《さいな》むのを楽しむ男だ。専用の部屋を邸に設けているらしい。鞭《むち》で打って痛みに悶《もだ》える姿を見るのも好きで、責めすぎて殺してしまったこともあるって話だ」

「そんなことが役人に知れたら……」

「まかり通るのさ。世の中すべて金だ。家畜のように鎖に繋いで檻《おり》で飼うのはロートック伯爵だ。食事も排泄《はいせつ》も番《つが》うことも、すべてその檻の中でさせるらしい。時々は散歩に連れ出すそうだが、当然裸だ。懐かない家畜には折檻《せっかん》もする。そんなところに売られてもいいのか？」

サリーディアは目の前が真っ暗になった。

幸せな未来を夢見るほど子供でもないし、意にそまない結婚を強いられても仕方がない、と思っていたけれど…。

「お前のために、俺は高い買い物をしたんだぞ。見ろ、媚薬《びやく》だ。これでお前も気持ちよくなれる」

ダミアンは楽しそうにポケットから小さなガラス瓶を取り出す。

ここでお兄様のものになっても、お義母様が諦《あきら》めるはずがないわ。うちにはお金がないんですもの。なんとしてでも私を売ろうとするはず。ああ、邸を出ていれば…。

母方の祖父母もすでに亡くなっていて、身を寄せる場所のないサリーディアは、邸を出るのを躊躇っていたのだ。意気地なしの自分を腹立たしく思う。

だが、今は後悔している場合ではなかった。媚薬の小瓶をサリーディアに見せ、くくく、とダミアンは笑いながら近づいてくる。サリーディアはじりじりと後退した。すると…。

「おや、これはこれは…」

飄々《ひょうひょう》とした、楽しげな声が聞こえ、口ひげを蓄えた男と、柔和な笑顔の男が部屋に入ってきた。

「コドリー男爵！　ダーネル子爵！」

ダミアンが叫んだ名前に、サリーディアは蒼白《そうはく》になった。

「これが今日の商品か？」

口ひげのコドリーは、ねっとりした視線をサリーディアに向けた。口元に微笑みを湛《たた》えていても、目は笑っていない。サリーディアを舐めるように見ている。

サリーディアは右腕で胸元を隠し、左手でスリットを押さえた。

「勝手に邸内を歩かれては困りますね」

「まだ全員集まっていないというので、ダーネル子爵と邸内をぶらついていたのだ。扉が開いていたから覗いたのだよ」

「ダミアン殿は何をしているのかな？　まさか商品に手をつけるつもりではないでしょうな。いけませんな、約束が違いますよ。ハンドラ様に文句を言わねば」

「ダーネル子爵、それは…」

ハンドラの名前を出され、ダミアンは気まずそうな顔をする。

コドリーと違ってダーネルは優しそうに見えるが、外見と中身は違うのだろう。

「若いダミアン殿が虜《とりこ》になるのもわかりますが、ひとりで楽しむのはいかがなものかな」

ダーネルの批判めいた視線に、ダミアンは苦虫を噛み潰《つぶ》したような顔になった。

「ダミアン殿が楽しむなら、私も混ぜてもらおうか。君も一緒にどうだ、ダーネル子爵」

コドリーがとんでもない案を出す。

「それは素晴らしい。コドリー男爵、彼女の処女はダミアン殿に差し上げてはいかがか」

「サリーディアの処女を俺に？」

三人は、それぞれの思惑を秘めた視線を一斉にサリーディアへと向ける。

恐怖で身体が動かなかった。

「ダミアン殿、手伝って差し上げよう」

コドリーは素早い動きでサリーディアを寝台に突き飛ばし、ダーネルもスカーフでサリーディアの両手を後ろ手にして手早く縛った。

コドリーがサリーディアの足首を摑《つか》んだ。

「…っ！」

「折れそうなくらい細い足首だ。足枷《あしかせ》が似合う」

笑って脹脛《ふくらはぎ》を撫でる。サリーディアの全身に鳥肌が立った。

コドリーとダーネルは、それぞれにサリーディアの右と左の足首を持って左右に大きく広げた。白い太腿が露わになる。

「やっ、やめてっ！　いやぁーっ！」

どんなに暴れても、二人の手はがっちりと足首を摑んでいてびくともしない。

「歪んだ顔も美しい。これはたまらないな。なんとしても競り落とさねば」

コドリーの目が怪しく光った。

「かなりの高値になるでしょうが、私も負けませんよ。だが、持ち合わせが足りるかな？」

二人は嫌がるサリーディアを楽しげに見ながら、互いの手持ちの金額を探り合っている。

「ロートック伯爵とハドソン子爵も参加されますからね。まあ、互いに恨みっこなしということで。おや、いいものがあるではないですか。これはお高かったでしょう？」

寝台の上に転がっていた小瓶を見つけ、ダーネルが拾い上げた。

「媚薬か。こんなものを使うのか？　狭いところに大きな張形《はりがた》をねじ込む楽しさを知らんのか」

コドリーが吐き捨てた。

「まあまあ、そう怒らずとも。私は張形を使いませんが、狭いところにねじ込む楽しさは同意しますよ。ですが、ダミアン殿には必要なのでしょうよ。さあ、これをたっぷり塗れば、生娘《きむすめ》でも淫《みだ》らに腰を振りますよ」

ダミアンは震える手で媚薬の小瓶を受け取った。

「お義兄様！　やめてっ！」

サリーディアは、絶望の淵《ふち》に立たされた。

興奮しているのか、ダミアンは小瓶を手に肩で息をしていた。手が震えて蓋《ふた》を開けられないようだ。苛立たしげに舌打ちした時、ハンドラが荒々しく扉を開けて入ってきた。

「ダミアン！　あなた…何をしているのです！　ダーネル子爵様、コドリー男爵様まで」

三人がかりでサリーディアを寝台に押さえつけている様子に、さすがのハンドラも驚いた顔をした。だが、コドリーとダーネルには強く出られないようだ。

「いやいや、ちょっとした戯《ざ》れ言《ごと》ですよ」

ダミアンは不貞腐れた顔をしてサリーディアから離れたが、ダーネルとコドリーは飄々としたものだ。サリーディアの縛《いまし》めを解こうともしない。

「そろそろ夜会が始まるのですかな？」

「それが、その…」

ハンドラは言い淀んだ。どことなくおどおどして、後ろを気にかけていると…。

「夜会は中止だ」

そう言って、男がひとり入ってきた。

「ホズウェル侯爵！」

ダーネルは大声で叫び、摑んでいたサリーディアの足を慌てて放した。コドリーは渋々といった感じで、サリーディアから離れる。

自由になったサリーディアは寝台から身を起こし、足を隠して安堵《あんど》の息をついた。

そして、顔を上げ、入ってきた男を見上げた。

この方が…。

ホズウェル侯爵に目が釘《くぎ》づけになった。

なんて大きな方でしょう。

紺に近い紫色の生地で仕立てられた詰襟型の上着にも、大きな身体を覆う漆黒のマントにも、侯爵を示す刺繍も飾りもなかったが…。

この方に、そんなものは必要ないわ。

異相だとは聞いていたが、こうして本人を見ると、まさに噂どおりだと思った。

まず目を引いたのは、大きな身体だった。デオダランでは長身のコドリーよりも、頭ひとつ分ほど大きい。そして、髪の色が独特だった。短く整えられた髪は光沢のない鈍い灰色で、前髪の一部分だけが濃くなっている。

アッシュの毛並みのよう。

デオダラン国民の九割は真っ黒な髪だ。齢を負うと毛量は減るものの、死ぬまで黒いまま色が変わることはない。遠い国には、眩《まばゆ》いばかりに光り輝く金や銀の髪をした人もいると聞くが、サリーディアは見たことがなかったし、デオダランでは、サリーディアの明るい栗色の髪でさえ珍しい部類に入るのだ。

そんなデオダランで、何年も磨いていない甲冑《かっちゅう》のように無機質な感じがする侯爵の髪は、かなり浮いている。

瞳の色も、黒かこげ茶ばかりの国民の中では異質な、金と赤を混ぜたような不思議な色合いで、見る者に強い印象を与えた。

さらに、額から左の瞳を斜めに横切るように、大きな傷痕があった。国王を守った時についた傷だろうか。

酷い傷痕…。左目は見えていらっしゃるのかしら。

サリーディアは自分の置かれている状況も忘れ、侯爵の怪我を心配した。

「ホズウェル侯爵、あなたは夜会に招待されていないはず。侯爵とはいえ、割り込みは卑《ひ》怯《きょう》でしょう。いくら支払ったのです」

コドリーの問いに、侯爵は声を出さずに笑った。それは獰猛《どうもう》な獣が、そう、まるで狼が笑ったようだった。

コドリーの身体が一瞬竦んだ。ダーネル子爵は気まずい表情で視線を逸《そ》らし、ハンドラは侯爵を恐れているのか、びくびくして距離を置いた。

皆、どことなく侯爵を恐れているのは、灰色が不吉な色とされているからかもしれない。

そんなこと言ったら、アッシュはどうなるの？　全身灰色なのに。

サリーディアの大切な家族なのだ。色など関係ない。

「母上、どうなっているのです」

突然やってきた侯爵の意図が、サリーディアにはわからなかった。ダミアンも同様なのだろう。ハンドラに詰め寄った。

「サリーディアがホズウェル侯爵様に見初められたのですよ」

ホズウェル侯爵様が私を見初めた？　私を買ったの？

侯爵とは一度も会ったことはなかった。姿を見かけたことすらなく、いったいいつ、どこで見初めたというのだろう。

「サリーディアは嫌だと言うに決まっている」

「そんなことはありません。サリーディア、ホズウェル侯爵様のお望みです。よい暮らしをさせてもらえるのですよ。お受けなさい」

「こんなどこの人間かわからない奴のところに行くなんて…」

「おだまりなさい！　なんて失礼なことを言うのです」

ダミアンはハンドラに一喝されて押し黙ったが、恨みがましい目つきで侯爵を見て、こんな恐ろしい奴にサリーディアをやるなんて…、と小声で呟く。

侯爵がちらりとダミアンを見ると、ダミアンは怯《おび》えたようにハンドラの後ろに隠れた。

その姿がどことなく滑稽《こっけい》で、こんなに緊迫した状況だというのに、サリーディアはなんだかおかしくなってしまった。

顔を上げると、金赤色の瞳がサリーディアを見ていた。

恐ろしい…？　そうかしら。

風貌《ふうぼう》は確かに変わっている。髪の色も目の色も見たことがない。顔には生々しい傷まであり、この部屋にいる誰もが、侯爵を恐れている。

けれど、サリーディアはちっとも怖くなかった。

侯爵は凛々《りり》しく端整な顔立ちだった。立派な体軀《たいく》。金赤色の瞳は美しく煌めいて、知性を湛えたまなざしは、この部屋にいる誰よりも魅力的に見えたのだ。

御髪《おぐし》だって、アッシュと同じような色なんですもの。

アッシュのように柔らかいのだろうか。それとも、固いのだろうか。

サリーディアは侯爵の髪に触れてみたかった。

侯爵は口を閉ざしたまま、ただじっとサリーディアを見ていた。

ホズウェル侯爵様が何もおっしゃらないのは、私が決めることだと思っていらっしゃるのね。

侯爵の誘いを断っても、他の誰かに売られることになる。コドリー男爵やダーネル子爵のところへ行ったら…。

考えただけで震えが来る。

売られなかったとしても、ミルドレン伯爵家にいればダミアンの慰み者になるのだ。ここで暮らしていくことはもうできない。母と過ごした邸を出なければならない時期が来たのだ、とサリーディアは思った。

でも、私に侯爵夫人など、務まるのかしら。

客もめったに来ない田舎貴族の伯爵令嬢だ。王都にも行ったことがないサリーディアにとって、社交界は夢の世界と同じだ。

国王が頼みにしているホズウェル侯爵の妻となれば、上位貴族とも上手くつき合わなければならないだろうし、失敗すれば、侯爵の顔に泥を塗ることになる。玉《たま》の輿《こし》に乗る喜びなどなかった。

たが、考えた時間はわずかだった。

「お義母様、私、侯爵様のもとに参ります」

未知の世界への恐れより、今の現実から逃れるほうをサリーディアは選んだ。

「なっ、サリーディア、こんな奴のところにっ！」

「ダミアン、控えなさい！　サリーディアが決めたのです」

「でも、母上」

「ホズウェル侯爵家がお持ちの、ハイデルガの中洲《なかす》を譲っていただいたのですよ」

「なんですって！」

コドリーとダーネルが叫んだ。

あの中洲を…、とダーネルが唸る。

ハイデルガ？　とダミアンはきょとんとしている。サリーディアも知らない場所だった。

しかし、そこは特別な場所なのか、ハンドラはほくほく顔だった。

「コドリー男爵様。まことに申し訳ないのですが、今日の夜会は中止ということで…」

ハンドラはホズウェル侯爵を窺《うかが》いながら、言いにくそうに言った。

「伯爵夫人、こんな田舎に出向くだけでも結構な物入りだったのですぞ。それを、商品を前にして今さら中止だなどと」

「もちろん参加費はお返ししますし、旅費にかかった分も当家でお出ししますわ。細かなことは後ほどご相談ということで…。さあ、別室に酒肴《しゅこう》の用意がございます。今日はゆっくりとくつろいでくださいませ。ダミアン、ご案内して」

ハンドラは侍女のひとりにどんどん酒と料理を出すように言いつけ、コドリーとダーネルにへこへこしながら、ダミアンの背を押して部屋から皆を追い出そうとする。

ダミアンは再び恨みがましい視線を侯爵に送り、ハンドラに叱られながら出ていった。

ダミアンたちの姿が消え、男たちの気持ち悪い視線に晒されなくなったサリーディアは、胸を撫で下ろした。

だが、一緒に出ていくと思ったハンドラは、なぜか、もうひとりの侍女とともに部屋に残っていた。自ら扉を閉め、さて、と振り返る。

「ホズウェル侯爵様、サリーディアの身を引き受けてくださるとのお申し出に感謝いたします。実は、お願いがございます」

ハンドラは満面の笑みを浮かべている。嫌な予感がした。こういう表情をする時は、ろくでもないことを言い出すと決まっているからだ。

「現伯爵夫人に礼を言われる覚えはない。それで、願いとはなんだ」

「現、伯爵夫人とはどういう意味でございますか？」

「現在の、という意味だが、理解できないのか？　そんなことはどうでもいい。早く願いとやらを申せ」

ハンドラは鼻白んだが、すぐにごくりと唾《つば》を飲み、口を開いた。

「今この場で仮婚儀として、見届け人である私とこの侍女の前で、サリーディアと契《ちぎ》りを結んでいただきとうございます」

侯爵の表情が険しくなった。

契りを結ぶ…って…。

人前で性交することだと気づいたサリーディアは、顔が真っ赤になった。

「お義母様！」

心配したとおり、ハンドラはとんでもないことを言い出した。

「サリーディア、あなたのためですよ。国王陛下の覚えめでたいホズウェル侯爵家と、我がミルドレン伯爵家が縁戚関係になるのは、奇跡のようなもの。当家は所詮《しょせん》、地方の伯爵位。侯爵家に相応《ふさわ》しいとは言いがたい。ホズウェル侯爵様がもっと爵位の高い令嬢を望まれれば、あなたの立場はなくなるのです」

「それは、仕方がないことではありませんか？」

「だからです。侯爵様の前でこのようなことを申すのもなんですが、白い結婚になってほしくないのです」

聞きようによっては、ハンドラの言葉は娘を心配する母の言葉に聞こえた。

白い結婚とは書類上だけの結婚で、性交渉を持たないことを表す。白い結婚をした妻は、跡継ぎを産むこともなく、夫人の肩書だけを持って一生暮らしていくからだ。

だが、ハンドラの思いはまったく違うところにあるのだとサリーディアにはわかっていた。白い結婚で妻になれば、暮らしには困らないが、権限も財産も持てない。

私からお金が引き出せないからだわ。

上位貴族は妻を数人持つことが許されている。侯爵はサリーディア以外の妻を持つかもしれないし、新しい妻はミルドレン伯爵家より上位貴族の令嬢である可能性が高い。

私と結婚したって、ホズウェル侯爵様には得るものなど何ひとつないもの…。

なんの気まぐれなのか、侯爵はサリーディアを妻にしようと思っているようだが、貴族の跡継ぎ問題は複雑で、先々のことを考えて手をつけないままということもありえる。

「でも、人前でなんて…」

私は白い結婚でもかまわないのに。

「デオダランでは昔から行われてきたことですよ」

確かに、昔はそういう風習があった。結婚式を済ませた夫婦が、一昼夜にわたり、親族などの見届け人の前で性交を行うのだ。だが、今では廃《すた》れてしまった因習だった。

「かわいい娘を思う母の気持ちをわかってくれますね、サリーディア」

ハンドラは諭《さと》すように言う。

かわいい娘？　心にもないことを。

「ホズウェル侯爵様、当家と侯爵家が縁戚関係になったという証《あかし》を見とうございます」

侯爵の鋭い視線に身を竦ませながらも、ハンドラは言い張った。

「そうでなければサリーディアをお渡しすることはできません。そのために、急遽《きゅうきょ》お越しになった侯爵様を立て、大金を使って準備してきた夜会を中止したのです。ホズウェル侯爵様が拒否なさるのでしたら、残念ですが今回のお申し出はなかったことに。でもね、サリーディア」

ハンドラはサリーディアに向き直り、にっこり笑った。

「安心なさい。あなたを見初めてくださる方は、他にもたくさんいらっしゃるのですよ」

それは、別室でたむろっている男たちの誰かに売る、ということに他ならない。

いや、嫌よ！　あんな恐ろしい人たちの誰かに買われるなんて。

買われたら最後、二度と人間らしい暮らしはできなくなる。

「ホズウェル侯爵様」

サリーディアは震える声で侯爵を呼んだ。苦渋の決断だったが、ハンドラたちの前で侯爵に抱かれるほうがよっぽどマシだと思えたのだ。

しかし、侯爵が、是、と言わなければどうにもならない。侯爵に縋るしか、サリーディアには道はないのだ。

侯爵は険しい顔でサリーディアを見た。サリーディアはひたすら侯爵を見つめた。

時が止まったようだった。

「…いたしかたない」

答えた侯爵の声は低く、抑揚がなかった。

下品な娘だと思われた…。

自ら決めたこととはいえ、サリーディアは悲しくなった。


「もういいだろう。出ていけ」

背後で行為を見ていたハンドラを振り返り、侯爵は冷ややかな声で言った。

サリーディアの秘部に白濁を注ぎ込んだばかりだというのに、侯爵の額には汗も浮いておらず、乱れた様子は一切なかった。

寝台しかない殺風景な部屋。見届け人を自称するハンドラと侍女。その前で、サリーディアは侯爵の昂《たかぶ》りを受け入れた。

愛を囁《ささや》くことも、抱き合って互いの体温を感じることも、口づけもなく、ただ、儀式のように繋がっただけ。

淡々と進めてくれたからだろうか、両足を広げられ、秘めたる場所が露わになっても、サリーディアは不思議と羞恥《しゅうち》を覚えなかった。恐怖もなかった。緊張が、他のすべてを覆い尽くしてしまったようだった。

寝台に転がっていた小瓶を侯爵が手にした時、サリーディアはそれを使うのかと問うた。侯爵は小瓶の中身が媚薬だとわかっていたようだ。ないよりもマシだろう、と言われれば頷くしかなかった。

すぐに済ます、目を瞑《つぶ》っていろ。

前立てを開けて自分の分身を取り出した侯爵は、サリーディアの手を使って昂らせた。男性器に手を触れることへの恥ずかしさも気まずさも、さほど感じなかった。柔らかだった肉の塊が、次第に熱く硬くなっていくのが不思議に思えただけだった。

媚薬をすくった侯爵の指が花弁に触れた時、サリーディアは身を竦ませ固く目を閉じた。けれど、誰にも触れさせたことのない秘めたる場所を暴かれても、違和感ばかりが先行し、嫌悪感はなかった。

花弁や、その奥の柔らかな肉筒に媚薬を塗り込められると、すぐに全身が火照《ほて》りだした。汗が噴き出し、心臓が早鐘を打って呼吸が荒くなった。

だが、それはさほど苦しいものではなかった。耐えがたかったのは、媚薬を塗られた場所にまるで小さな虫が、たとえば、蟻《あり》が何匹も這《は》い回っているような、むず痒《がゆ》さだった。言葉では言い表せない不快さに、サリーディアは身悶えた。

こんな姿を見られるなんて……。

ハンドラや侍女に蔑《さげす》みの目で見られるだろうし、使用人たちは自分を遠巻きにして、ひそひそと噂話に興じるだろう。そんな中で、自分は耐えられるだろうか。

私の身体とマントで、そなたの姿は見えてはいない。

侯爵の囁きに、ほんの少しだけ気持ちが楽になったものの、侯爵が秘部の中で指を動かすたび、くちゅくちゅという卑猥《ひわい》な音が部屋中に響き、サリーディアをいたたまれなくした。

媚薬の効果は絶大だった。処女のサリーディアが、自らの手で慰めたくなるほどに。

なんとかこらえたものの、秘部はぴくぴくと勝手に蠢《うごめ》きだし、侯爵の指を締めつけた。指の動きとともに蜜《みつ》が溢《あふ》れ出て、花弁を濡《ぬ》らすのが自分でもわかった。

蜜壺《みつつぼ》をかき回されると、喘《あえ》ぎ声が出た。侯爵から手渡されたチーフを食《は》み、サリーディアは必死に息を潜《ひそ》めた。

肉筒が蕩《とろ》け、たっぷりと蜜が蓄えられたところで、侯爵はゆっくりとサリーディアの蜜壺に分身を浸した。

想像していたほどの痛みはなかった。大きな分身が秘部を押し広げて入り込んでくる辛さや痛みはあったけれど、昂りに肉壁を削られて全身が総毛立った。

そして、サリーディアの身体を幾度か揺さぶると、侯爵は息をついた。達したようだった。侯爵がいつ達したのか、達するまでの時間が短いのか長いのかも、初めてのサリーディアにはわからなかった。すぐに済ますと言ったから、短い時間だったのだろう。

侯爵が息をついたとき、侯爵の昂りは自分の中にいなかったような気がしたが、無我夢中だったサリーディアには定かではなかった。多分、気のせいだったのだ。今はしっかりと、自分の中で存在を主張しているのだから。

「これで気が済んだのではないのか」

再度、侯爵はハンドラに部屋から出ていくように言った。

ハンドラは何か言っているようだったが、サリーディアには聞こえなかった。それどころではなかったのだ。

ダミアンが用意した媚薬は非常に強いものだったようで、秘部の疼《うず》きは酷くなる一方だった。淫らな欲望が身体中に渦巻いて、肉壁を数度擦《こす》られただけでは癒《い》えなかった。

刺激を受けた秘部の肉壁は、納まっている分身に絡みついていた。出ていかないように引きとめ、さらなる刺激を求めている。

何度も何度も最奥を突き、肉壁を削ってほしい…、と。

チーフを噛みしめ、サリーディアは欲情を抑え込もうと必死になった。ハンドラたちはまだ部屋の中にいる。性交を終えたのに喘ぎ声を出してしまったら…。

淫乱な娘だと言われる。

「現伯爵夫人は一度見ただけでは満足できないということか。他人の閨《ねや》を覗くのが趣味とは知らなかった。だが、私の交接に助言は無用だ。かまわんぞ。夜会に集まっている者たちに、ホズウェル侯爵は早漏だと、面白おかしく伝えるがいい」

侯爵の声は笑いを含んでいた。

ハンドラは言い訳していたようだが、扉が閉まる音がしたので渋々部屋から出ていったのだろう。

「もう大丈夫だ」

侯爵はサリーディアが食んでいたチーフを外した。

「取らないで！　いやっ、あっ…ん…」

侯爵が身動《みじろ》ぎしたので、サリーディアは喘いだ。

ハンドラたちがいなくなったことで、なんとか繋ぎとめていた緊張の糸が切れてしまったのだ。衝動をやり過ごそうとしても、身体がぶるぶる震える。苦しくて涙が滲《にじ》んできた。

「痛かっただろう」

「違うのです。私…く……ぁあぁ……っ」

侯爵は目を細め、一瞬息を詰めた。

サリーディアの意思を無視して肉筒が勝手に蠢き、侯爵の分身を締めつけたのだ。納まっている侯爵の分身がさらに逞《たくま》しくなり、サリーディアは喘いだ。

侯爵が何か言おうと口を開きかけた時、扉がノックされ、ほんの少しだけ扉が開いた。

ハンドラかダミアンが来たと思ったサリーディアは、侯爵のマントの端を握りしめた。身を固くして息を潜める。下腹に力を入れると、侯爵は眉根《まゆね》を寄せて息を詰めた。

「ヴィンセント様」

若い男の声がした。

「……っ、エドワード、か」

「はい」

侯爵はふうっと静かに息を吐いて、ひと呼吸置いた。

「扉の前に立ち、私が出ていくまで誰も入れるな」

「かしこまりました」

扉が静かに閉じる。

「あれは私の従者だ。この部屋には誰も入ってこない」

それを聞いたサリーディアは、唇を噛みしめて頷いた。身体の奥から湧き出てくる淫靡《いんび》な感覚に蝕《むしば》まれ、口を開くと喘いでしまいそうだったのだ。

「まだ治まらないようだな」

「ちがっ……あぁぁ……、私っ、こんなの、違う！」

自分の意志ではないのだと、勝手に身体が暴走するのだと訴えたかったが、上手く言葉にならない。

サリーディアは頭を振って、ぽろぽろと涙を零《こぼ》した。

「わかっている。媚薬のせいだ。すまない、使わなければよかった。私と繋がるのは、初めてのそなたには辛かろうと思ったのだ。媚薬があれば痛みをそれほど感じないと考えたのだが、これほど強い媚薬だとは…」

侯爵の大きな手が、サリーディアの髪を撫でた。それだけで、敏感に反応してしまう。

「私、あっ…んんっ…」

「これすら感じるのか」

これが、感じるということなの？

誰もがこうなるのか。自分だけがおかしいのか。口づけすらしたことがないサリーディアには、わからなかった。

肉筒が蠢いたせいで、侯爵の分身がさらに昂る。

ああ、この大きなもので、もっと激しくあの場所を…。

霞《かすみ》がかかった頭の中でそんなことを考えたサリーディアは、自分が恐ろしくなった。

私、なんて淫らなことを…。

どうにもならないこの疼きを止めてほしいだけなのだ。助けてほしいだけなのだ。縋れるのは目の前にいる侯爵だけだが、自分の口からそれを頼むのは憚られた。男を欲しがる淫らな娘だと思われたくなかったのだ。けれど…。

サリーディアは侯爵の二の腕を掴んだ。みっしりと筋肉がついた太い腕だった。

「苦しいのか？」

「あっ…、ぁんっ、…あ、あそこ、が…」

我慢できないほどに疼く。

「もっと欲しいのだな」

サリーディアは金赤色の瞳を見つめ、頷いた。

「大丈夫だ。心配しなくてもいい。媚薬が切れるまで、そなたを慰めよう」

「ああ、ホズウェル侯爵様…」

サリーディアの心が喜びに満たされる。

侯爵がサリーディアの両足をさらに大きく割り広げると、ビッと硬い音がした。生地の破れた音だった。織りの粗い粗悪な薄い生地で作られたドレスは縫い目も荒かったので、脇のスリットが裂けたのだ。

「大切なドレスか？」

「違います！　こんなっ、こんな恥ずかしいドレス…。お義母様の侍女に、無理やり着せられて…」

「…そうか。ならば気にする必要はないな」

侯爵が両足を抱え上げ、ドレスはさらに裂けた。

サリーディアの締めつけで大きくなった分身を、侯爵はゆっくり引き抜いた。ぞくぞくとしたものがサリーディアの背中を這い上がってくる。その余韻の中で、今度は一気に突き入れられた。

「ひぃーっ！」

産毛が総毛立つほどの快感に襲われ、サリーディアは身体を仰《の》け反《ぞ》らせた。肉壁を削って最奥へとたどり着いた昂りを、侯爵は再び引き抜き、また、突き入れる。

侯爵が腰を振るたび、にゅっちゅっという音が響き、蜜が押し出されて肉の狭間《はざま》を舐めるように伝っていく。

私の身体の中からこんなにたくさん…。

媚薬のせいなのだろうか、とぼんやり思った時、さらに蜜がとろりと滴り、サリーディアははっと目を開けた。

「あぁ、ダメっ、寝台が…。寝台が、汚れてしまっ…くぅ…。お義母様がお怒りに、あっ、あぁ…」

喘ぎながらも必死に訴える。

ゆっくりとした動作を続けながら、サリーディアの手を侯爵が握った。

「こんな状態で、そなたは……。これまでそんなことに気遣って暮らしてきたのだな。だが、もう気にすることはない」

侯爵は憐れむような顔をしていたが、侯爵の昂りの虜になっていたサリーディアは気づかなかった。

「で、もっ…、ふぅっ…んん……やぁんっ」

ハンドラのことだ。弁償しろと言うに決まっている。

「いいのだ」

侯爵はサリーディアの手を放し、ドレスがはだけて露わになった乳房を大きな掌《てのひら》で包み込んだ。

「そんなことは考えなくてもいい」

弄《いじ》られてもいないのに、サリーディアの乳首はぷっくりと膨らんでいた。侯爵は乳房を揉《も》みしだき、硬くしこった乳首を指で摘《つま》み、転がす。

「いやっ、あんっ、そんな…ひっ！」

弄《もてあそ》ばれるたび、下肢から上ってくる愉悦と相まって、意識が身体から抜け出してしまうのではないかと思うほど、たまらない悦《よろこ》びが身体中を駆け巡る。

サリーディアは激しく喘いだ。

少しかさついた侯爵の掌が肌を滑るだけで感じてしまう。押し殺そうとしていた声も、こらえることができなくなった。

ハンドラたちの前では数度突き入れただけで達した侯爵だったが、二度目は違った。熱い昂りは、長い時間蜜壺をかき回し続け、サリーディアを乱れさせた。

「ああっ！」

髪を振り乱し、サリーディアは嬌声《きょうせい》をあげた。

「ここがいいのか？」

サリーディアが反応した場所を、侯爵は執拗《しつよう》に攻める。

「あ…いい、あぁ…」

それに合わせてサリーディアも腰を揺らめかす。

侯爵の動作は次第に早く、激しくなり、息遣いも荒くなり始めた。

「ひぃ……、ふ…ん、やぁ…っ！」

サリーディアは快感の荒波に揉まれ、精も根も尽き果てようとしていた。

どこかに連れ去られてしまう。

目を閉じているのに、目が眩《くら》むほどの眩《まぶ》しい光に包まれる。

サリーディアは絶頂を迎えた。

「あっ…あぁあ……」

サリーディアが身体を仰け反らせると、身体の中で何かが弾けた。

…身体の奥に、何かが、…な、に……？

サリーディアはわからなかった。侯爵が自分の中で達したのだということに。

目の前に広がっていた真っ白な世界が一気に収縮する。真っ黒な世界が広がって光が遠ざかり、意識が遠のいていく。

侯爵が溜息をつくように、小さく呻《うめ》いたような気がした。

しまった…、と。

けれど、サリーディアにはもう聞こえていなかった。


一瞬、意識を失ったのだろうか。息が整わないままうっすら目を開けると、金赤色の瞳がサリーディアを見下ろしていた。

淫らなドレスは、腰の辺りにまとわりつくだけの布切れになっていた。

柔らかな乳房は張りつめ、仰向《あおむ》けになっていても丸みを帯びた美しい形を保っている。尖《とが》った乳首は色濃くなり、白い肌の上で淫猥な花を咲かせていた。

サリーディアの身体は汗にまみれていた。昂りで穿《うが》たれた秘めたる場所は蜜でしとどに濡れ、侯爵の昂りは未だ蜜壺の中にあった。

「もっと欲しいか？」

侯爵が問う。

侯爵の額には汗が浮かび、顎《あご》から滴った汗が、サリーディアの身体にぽたりぽたりと落ちる。金赤色の瞳は、燃えるように光っていた。

あんなにも長く繋がって、身体が溶けてしまいそうになるほど犯されたというのに…。欲しかった。

秘めたる場所は疼きだけでなく、じくじくとした痛みを発していたし、大きく割り広げられた下肢の感覚はほとんどなかったけれど…。

まだ足りなかった。

飢えた獣がやっと仕留めた獲物を貪《むさぼ》るように、サリーディアの肉筒は未だ侯爵の昂りを食んでいる。

サリーディアは恍惚《こうこつ》の表情を浮かべて頷いた。両腕を伸ばし、侯爵にしがみつく。初めて触れた侯爵の身体は、先程触れた二の腕と同じく、がっしりとしていた。剣を振う兵士の身体だ。

侯爵がのしかかってくる。太い腕に華奢《きゃしゃ》なサリーディアの身体がかき抱《いだ》かれ、きつく抱きしめられる。

「あぁ…」

甘い吐息が零れた。

肉厚な身体の重みが、サリーディアの官能を一層高めていく。そこからさらに光り輝く高

みを目指してサリーディアは登りかけた。

だが、ふと、あることに気づいた。

侯爵が服を身につけたままだ、ということに。

特異な状況で交わらなければならなかったのだ。仕方がないことだと、男女の交わりが初めてのサリーディアも理解はできる。

けれど、熱したサリーディアの意識の中に、それは冷たい雫《しずく》となってぽたりと落ちた。

サリーディアは官能の真っただ中にいた。熱く熟れた欲情は、小さな雫などで冷めはしないけれど…。

なのに、妙に気にかかった。

まるで真っ白な世界に、ぽつ、と浮かんだ黒いシミのようだった。

普段なら気にも留めないような点のような小さい黒いシミも、存在を認識すると、気になってどうしようもなくなる。

侯爵が腰を揺すると、黒いシミは消えた。

消えてしまったわ。

サリーディアのすぐ近くに、侯爵の顔があった。熱く、けれど穏やかなまなざしが、サリーディアを見つめている。

服を着ていることなど、気にすることではないのだ、とサリーディアは思った。

この方にすべておまかせすればいいのよ。不安などないわ。

「あぁ…、もっと、もっと私を抱いて」

うっとりと美しい瞳を見つめる。

「サリーディア、そなたが望むままに」

侯爵の囁きに、サリーディアは艶《なま》めかしく微笑んだ。


「サリーディア様、お茶はこちらでよろしいですか？」

サリーディア付きの侍女ヘキが、ティーセットを乗せたワゴンを押して居間に入ってきた。

「そうね…。天気がいいから、テラスでいただこうかしら」

「はい、ではすぐに」

ヘキがテラスへの扉を開け、ワゴンを押して出ていく。くるりと癖のあるヘキの髪が、日の光を弾いて輝く。

サリーディアはショールを羽織ってテラスに出た。足元をアッシュがついてくる。

暖かな空気が、サリーディアの身体を包んだ。ほどよい日差しで風もなく、外でのんびりするにはもってこいの日和《ひより》だ。

サリーディアがホズウェル侯爵家の別邸へとやってきて、二週間が過ぎていた。

侯爵に抱かれて意識を失ったサリーディアが目を開けたのは、豪奢《ごうしゃ》な馬車の中だった。お気がつかれましたか？　と声がしたのでそちらを見ると、不思議な姿をした少年が傍らにいた。

なんてきれいな瞳なのかしら。

少年は青空よりも深い青い瞳をしていた。肌は赤銅《しゃくどう》色だ。髪はサリーディアよりもっと淡い栗色で、光の加減で金色に見える不思議な色だった。短く切ってあり、くるりと癖がかかっている。

侯爵の容貌も特異だが、少年はまた、別な雰囲気を持っていた。

目を見張ったサリーディアに、少年は申し訳なさそうな顔をして言った。

「サリーディア様、私はヘキと申します。私のような者がお傍にいるのはご不快でしょうが、今しばらくお許しください」

襟のついた藍色《あいいろ》のシャツに、なめし革で作られた胸当てと、筒状の肘当《ひじあ》てを両肘にはめている。膝《ひざ》にもなめし革の膝当てをつけ、シャツと同じ色のズボンの膝上はゆったりとしていて、膝当てから下は革紐《かわひも》で縛ってもたつかないようにしてあった。

ズボンを穿《は》いていたので少年だと思ったが、ヘキは少女だった。

不快とはどういう意味なのか、サリーディアは問いたかったが、口を開いてもほとんど声が出なかった。それで、昨日のことを思い出した。

体液に塗《まみ》れていたはずの身体が清められ、薄い水色の柔らかなコットン素材の夜着を身につけていた。微妙な振動で、豪華な馬車に乗っているのにも気づいた。

「ヴィンセント様の従者は男ばかりで、女は私しかいないものですから……」

きっとヘキが身体を清め、夜着を着せてくれたのだろう。

感謝を伝えたくてヘキの手を取ると、ヘキは非常に驚いた顔をした。

「私に触れても平気なのですか？」

サリーディアが首を傾げると、ヘキはこう言った。

「この国の人は、私に触れると肌の色が移ると思うようで……」

そんなバカなことが、と思ったが、ヘキはそういう人々に傷つけられてきたのだろう。

だから、ご不快でしょうと言ったのね。

自分よりも幼い少女が、そんなつまらないことで心を痛めている。彼女の心の痛みを少しでも取り払ってあげたい。

そんなこと、これっぽっちも思っていないわ。

サリーディアは自分の気持ちをわかってほしくて、ヘキの手を右手で強く握り、左手で撫でた。

ヘキは目を大きく見開いたかと思うと、泣きそうな顔になった。

「ありがとうございます。私、一生懸命お世話させていただきます」

青い瞳が涙で揺らめく。サリーディアは微笑んで頷いた。

サリーディアが乗っていた馬車は、最新式の特別仕立てだった。横になって眠れるよう中の造りが変えられ、揺れもあまり感じない。内側に張られた生地も窓のカーテンも高価なもので、ミルドレン伯爵家の馬車とは大違いだ。

馬車なのに、寝台よりも寝心地がいいんですもの。

使用人棟の寝台は固くて寝心地が悪く、寝具を干す機会が少ないので湿っぽくてカビ臭い。対して、馬車の中に敷き詰められたクッションはふんわりふかふかで柔らかく、バラのポプリが入っているのか、とてもいい匂いがした。

ヘキはホズウェル侯爵家の別邸で働いていること、馬車はその別邸に向かっていることなどを話してくれた。

十三歳のヘキは流浪の民の末裔《まつえい》で、長《おさ》を筆頭とする百人ほどの一族は、近年まで国々を巡り暮らしていた。縁あって、今は侯爵家で世話になっているのだという。

侯爵とともに出かけていった兵士が夜中に別邸に戻り、必要な物を携えてミルドレン伯爵家まで来るように、とのエドワードからの伝言を告げたのだという。

一頭の馬に荷物を積み、もう一頭に跨《また》がってヘキは夜通し駆けてきたらしい。少年のような形《なり》は馬に乗りやすいからで、いつもは侯爵家のお仕着せを身につけているようだ。

女の子が夜にひとりで…。

ヘキには感謝してもしきれない。もちろん、一番の功労者は侯爵だったが、エドワードが機転を利かせ、ヘキが夜道を馬で走ってくれたおかげで、サリーディアは汚れを落とした身体でこうしているのだ。

多忙な侯爵はすでにエドワードとともに別邸へ戻っており、サリーディアの乗った馬車は従者と別邸からやってきた数人の兵士に守られていた。

アッシュ！　アッシュはどうしたのかしら。

馬車の後を走ってついてきているのではないか、と思った。

起きて確認したくても、身体が言うことを聞かない。窓の外を見るのに上体を起こそうとすると、身体が悲鳴をあげるのだ。

「あの狼犬のことを心配していらっしゃるのでしたら、大丈夫です。もっと早くにお伝えすればよかった」

ハンドラに連れていけと言われたのだという。

「綱を外したら、サリーディア様のところまで一目散に走っていって、その後はぴったりと寄り添っていました。とっても利口です。今もこの馬車の御者台《ぎょしゃだい》に座って、睨《にら》みを利かせています。サリーディア様を守っているのですね。それと、お部屋の荷物はすべて荷造りし、荷馬車に積みました。荷馬車は遅いので、遅れて別邸に着くでしょう。あの…」

ヘキが言い淀む。サリーディアは首を傾げた。

「あの北側のお部屋は、本当にサリーディア様がお使いになっていらしたのですか？　家具を持ち出すのを禁じられてしまったのです。置いてきてしまっても、よろしかったのでしょうか？」

サリーディアはうっすら微笑んだ。伯爵家の令嬢の部屋が使用人棟の、薄暗いじめじめした狭い部屋だと思わなかったのだろう。

奥に隠してあったお母様のティーセットは持ち出せたのかしら。お義母様に奪われてしまったかも…。

形見のティーセットとハンカチ、ショール、そして、裁縫箱。それだけは、どうしても手放したくなかった。

サリーディアの心配を察してか、ヘキは詰め込んだ品々の目録を読み上げた。後で確認してもらおうと、きちんと書き出したのだという。

なんて機転が利く子なのかしら。

ティーセットは荷馬車に積んであるようだ。サリーディアは安堵し、水を少し飲んでから再び眠りについた。

そして、二度目に目が覚めたら別邸に着いていたのだ。

ホズウェル侯爵家の別邸は、ミルドレン伯爵家から馬車で二日ほど走ったところにあった。本邸はもっと遠くて王都の近くにある。侯爵家の所領は各地にあり、そこここに別邸が建てられているのだろう。

別邸といっても、ミルドレンの邸よりも広くて立派な建物だ。輝石を多く含む石を使って造られているのか輝いている。ミルドレンの黒っぽく陰鬱《いんうつ》とした邸とは雲泥の差だ。

邸内に入ると広いホールになっていて、吹き抜けの天井は高く、明かり取りの窓がそこかしこにあって非常に明るい。サリーディアにとって夢のお城のようだった。

ホールから左右に分かれた廊下の右側を進み、階段を上って二階へと出て、さらに進んで奥まった場所にある部屋がサリーディアにあてがわれた。

ゆったりとしたソファーはゴブラン織りの生地が張られ、同柄で色違いのクッションが二つ置かれている。亡き母が好むような色合いだ。ドレッサーの鏡は大きくて曇りひとつない。調度品が並んだ部屋は、落ち着いた色調でまとめられていた。

体重をふんわりと受け止める毛足の長い絨毯。続き部屋は寝室で、天蓋《てんがい》付きの大きな寝台が置かれ、南側に面しているからか、カーテンを開け放つと、窓から陽光が燦々《さんさん》と降り注ぐ。

モンテロナに明け渡したミルドレンの部屋とは、比べ物にならないほど広くて美しい。

なんて素晴らしいお部屋かしら。

サリーディアは部屋を隅々まで眺めた。

「ご用の際は、こちらの紐か、寝台脇にも同じ紐がございますので、引いていただければ私か、執事のジェイムズ様が参ります」

教えられた仕掛けに、上位貴族の邸にはそんな便利なものがあるのだと驚いた。

豪華なのは部屋だけではなかった。

クローゼットの中には、非常に上質な生地を用いた美しいドレスや普段着が、たくさん並んでいた。

「急なことでしたのであまりご用意できなかったのですが、夜着はこちらにございますのでお選びください」

夜着だけでも数枚用意されている。光沢のあるシルクや柔らかなコットン製の夜着。淡いピンク色の夜着を差し出されたサリーディアは、恐る恐る手で触れた。滑らかなシルクの手触りに、陶然となる。

「あの…、お気に召しませんか？」

ヘキがおずおずと聞いてきた。

「いいえ、こんなにたくさんあるなんて、驚いてしまって…」

「とりあえずご用意した品です。普段お召しになるものはゆったりとした意匠で仕立てました。正式なドレスはサリーディア様のお身体に合わせなければなりませんから、近いうちに仕立屋を呼ぶ予定になっています。他にも足りないものがございましたら、お申しつけください」

「仕立屋を呼ぶなんてとんでもない。そんな無駄なことはしなくていいわ。これで十分よ。もし寸法が合わないのなら、自分で直すから…」

ヘキがきょとんとした顔をする。

「ご自分で、ですか？」

「あ、え、ええ。ダメかしら…」

「お針をなさるのですか？」

貴族の令嬢は刺繍くらいしかしないので、びっくりしたようだ。

「伯爵家の娘なのに、変でしょう」

いいえ、とヘキは頭を振った。

「私、毎日練習しているのですが、お針がちっとも上手にならなくて…」

「ならば、今度一緒に練習しましょう」

「本当ですか？」

「ええ。今は身体を起こしているのが辛いから、私が座っていられるようになったらね」

ヘキは満面の笑みを浮かべた。

ヘキはサリーディアの侍女になった。

少年のように俊敏で機転が利き、くるくるとよく働いた。毎日、かいがいしく世話を焼いてくれている。至れり尽くせりだ。十三歳の少女をサリーディアはすぐに好きになった。

ヘキが淹《い》れてくれたお茶を飲んでいると、初老の男が皿を掲げてやってきた。

別邸の執事で、元は本邸の執事を務めていたジェイムズだ。

別邸にまで執事がいるのには驚いたが、この別邸だけ特別らしい。使用人の数も、ミルドレン伯爵家よりはるかに多い。

もちろん、本邸には本邸の執事がいて邸を管理しているし、侯爵家は所領が広いので家令《かれい》もいるのだと聞いた。

「サリーディア様、ハニープディングでございます。お召し上がりになりませんか?」

「まぁ、ハニープディング。いただくわ。ありがとうジェイムズ」

ジェイムズがクロッシュを取ると、甘くいい匂いが漂った。

吟味された材料で丁寧に作られた菓子はとても美味しい。ここに来てから、身体つきがふっくらしてきた。美味しいものを食べ、身体を動かすことがないからだ。

別邸に入って二日ほどは身動きするのも苦痛だった。幾度も侯爵を受け入れたあの場所が痛み、節々は軋んで熱も出た。

だが、今は身体の痛みも消え、サリーディアはのんびりとした日々を送っていた。

伯爵家にいた頃は、早朝から起き出して使用人のように働いていたサリーディアだったたから、アッシュと散歩に出掛けたり、刺繍をしたりしていても、時間が余ってしょうがない。

何かすることはないかと聞いても、使用人たちに丁寧に断られ、掃除を手伝おうとすれば
ジェイムズが慌ててやってくる始末。

「お邸はこんなに広いんですもの、お掃除とか何かすることはないですか？」

そう頼んでも…、

「サリーディア様に掃除など、とんでもございません。私がヴィンセント様に叱られてしまいます」

と言われたら、諦めるしかない。侯爵夫人が邸の掃除をするのはよろしくないのだろう。

「この後は散策なさいますか？」

「ええ」

取り立ててすることもないので、散歩は日課になっている。

「日差し除《よ》けのパラソルをお持ちします」

「ありがとう。あの、ホズウェル侯爵様は…」

「早朝から執務室にお入りになられていらっしゃいます」

「今日もお忙しいのね」

「サリーディア様。ヴィンセント様、とお呼びになってはいかがですか？」

確かに、ホズウェル侯爵の妻になって、侯爵様と呼ぶのも変な気がする。

「そうね、そうします。それで、…ヴィンセント様は、お夕食もやっぱり？」

「申し訳ございません。時間がないと仰せられて」

「そう…」

別邸に来てから、サリーディアは一度もヴィンセントと顔を合わせていなかった。

馬車で別邸に着き、大勢の使用人たちが整列してサリーディアを出迎えてくれたが、そこにヴィンセントの姿はなかった。

動けないサリーディアを部屋まで運んだのはエドワードだった。ヴィンセントが運んでくれるものと思っていたサリーディアは、がっかりした。

緊張した面持ちで手を差し出したエドワードは、顔が真っ赤で耳まで赤かった。扉の前に立ち、ヴィンセントに抱かれるサリーディアの嬌声を聞いていたのだから、仕方がない。サリーディアも居たたまれなかった。

エドワードの姿は邸内でよく見かけ、気さくに挨拶《あいさつ》も交わすようになったが、ヴィンセントの姿だけは目にすることがない。寝込んでいる間も、ヴィンセントは一度も見舞いに来なかった。未だ、食事もお茶もともにしたことはないのだ。

ミルドレン伯爵家では、台所頭と会話を楽しみながら食事をしていた。他の使用人とテーブルを囲むことも、時には、近所の子供たちとお弁当を持ってピクニックに行くこともあった。

別邸ではヘキが給仕をしてくれるから、まったくひとりというわけではないのだが、同じテーブルを囲み、同じものを食べて会話を楽しむことはできない。

大きなテーブルでひとり座って食事するのは、寂しいものだ。

「アッシュもお散歩に行く？」

足元に伏せていたアッシュにサリーディアは声をかけた。

ヴィンセントはアッシュを邸内に入れることを許してくれた。敵がいないとわかるのか、アッシュは別邸内の誰にも従順で、特に、ヘキにはよく懐いている。

アッシュはサリーディアの声に顔を上げたものの、腰を上げようとはしなかった。どことなく元気がない。

「馬車に乗ったから疲れたのかしら」

アッシュも老齢だ。自分より先に母のもとに旅立ってしまうことは、サリーディアもわかっているけれど、ここに来て急に弱った気がする。そんなアッシュを見るのは辛かった。

「じゃあ、お留守番していてね」

「サリーディア様、おひとりで大丈夫ですか？」

ヘキが心配そうな顔をした。

「もう元気よ。ゆっくり中庭を歩いてくるわ。アッシュをお願いね」

サリーディアはパラソルを差し、ひとり中庭へと向かった。

別邸に用意されていた服は、サリーディアの美しい鎖骨が現れる程度の襟開きで、襟の高いものも多かった。胸の膨らみのすぐ下や腰の辺りにあるリボンを、結んだり解いたりして形を変えて着ることができる普段着は、身体を締めつけずゆったりしているので、身動きするのも楽だ。

どれもサリーディアが好む色や意匠で、清楚《せいそ》なサリーディアに似合うものばかりだった。ジェイムズが持ってきてくれたパラソルも、今日身につけているクリーム色の服に合わせたのか、少し濃い同色系で、細かなカットワークの刺繍と、縁にはフリルがついていた。

玉砂利が敷かれた小道をそぞろ歩き、別邸の左翼側へと向かった。

コの字型の別邸は、正面がホールと広間、居間と食堂、二階部分は談話室、図書室などがある。右翼側は客室専用で、サリーディアの部屋もそこに用意されていた。左翼だけは三階建になっており、一階と地下が使用人の部屋や炊事場、貯蔵庫などとなっていて、二階は執務室と従者の部屋。三階はヴィンセントの私室になっているらしい。

使用人棟に主《あるじ》の部屋があるのは珍しいのだが、ヴィンセントは細かなことに頓着《とんちゃく》しないのだろう。

「あの辺りが執務室かしら…」

二階を見上げた。

正面の建物と右翼側の私室のある棟しか知らないので、どの窓が侯爵執務室なのかよくわからない。ヴィンセントの姿が見えないかと思ってしばらく見上げていたが、影すら映らないので諦めた。

中庭を進んでいくと、庭木が枝葉を広げ、寄せ植えされた花々がそこかしこで色鮮やかに咲き乱れていた。伯爵家の庭よりも広い中庭や、邸の周りを囲むたくさんの植物は、年老いたガーデナーが毎日回って手を入れている。

このガーデナーもジェイムズ同様、元は侯爵家でガーデナー頭として庭を管理する仕事についていたが、年老いて引退し、妻に先立たれ子供もなかったこともあり、ヴィンセントに乞《こ》われて別邸に移り住んだのだという。

別邸の使用人は、皆、年老いた者ばかりだった。若いのはヘキぐらいだ。

お優しい方なのですよ。

言葉少ないガーデナーがぽつりと呟くのを聞いた。

年老いて十分に務めを果たせなくなって引退した者や、身寄りがない者が、別邸を新たな住処《すみか》として働いている。

「ヴィンセント様は、お優しいわ」

あの境遇から救ってくれたことに感謝している。今の暮らしは以前と雲泥の差だ。ジェイムズやヘキに入り用なものはないかとよく聞かれるけれど、これ以上裕福な生活はないし、自分には分不相応に思える。ありがたいことだと思う。

けれど、サリーディアは孤独だった。

ヘキやジェイムズがいて、他にもたくさんの使用人に囲まれ何不自由なく暮らしていても、ぽつんとひとりでいるような気がする。

「ヴィンセント様は、どうして私に会ってくださらないのかしら」

ふと、視線を感じることがあるけれど、それがヴィンセントの視線なのかはわからない。

「いくらお忙しくても食事やお茶だけ、いいえ、お顔を見せてくださるだけでいいのに……」

自分はなんのためにここにいるのだろう、と思ってしまうのだ。

「我儘《わがまま》ね」

サリーディアは溜息をついた。

ヴィンセントが忙しいのは確かなようだ。

国王を守って負った怪我はかなり酷かったようで、半年近く床上げができなかったらしい。治癒してからは滞っていた決済を下したり、問題のある土地に視察に出掛けたりして、最近になってやっと通常に戻ったのだという。

それでも、本邸からひっきりなしに早馬が来て、また、帰っていく。ヴィンセントに判断を仰がなければならないことが多いのだろう。

二十歳で侯爵位を継いで六年。二十六歳のヴィンセントは、ホズウェル侯爵として多くの責務を背負っているのだ。

馬の嘶きが聞こえた。また早馬が書簡を持ってきたのかもしれない。

「私には仕事のお手伝いなんてできないし……」

ヴィンセントの世話は、主にジェイムズとエドワードがしている。

「私ができることと言ったら……」

サリーディアは顔を赤らめてしゃがみ込んだ。

大きな昂りを何度も受け入れた秘部の痛みは消えたが、昂りを受け入れる喜びを知ってしまったサリーディアは、自分の身体を持て余していた。

ふとした時に、ヴィンセントを貪欲《どんよく》に求めた夜を思い出し、身体がほんのり熱くなる。

「私の姿に呆《あき》れてしまわれたのかしら」

声が枯れるほど喘ぎ、乱れた。

「それとも、もう私に飽きた…とか？」

そんなことを思い、慌てて打ち消した。

「何を考えているの？　不満なんてないわ。ミルドレンの邸から出られるのなら、白い結婚でもよかったのだし」

同じ屋敷にいるのに、ヴィンセントに会えないのが不思議なのだ。

「まるで、私を避けていらっしゃるような…」

サリーディアは頭を振った。

「ダメね。のんびりしているとろくなことがないわ。何か仕事をしないと。特別することもなく暮らしているから、余計なことを考えてしまうのよ」

すっくと立ち上がると、サリーディアは足早に歩いた。

中庭にはガーデナーの姿はなかった。庭は邸を取り囲むようにある。別の場所で作業をしているのだろう。

「お庭の仕事を手伝うのも、ジェイムズに反対されるかしら」

使用人の仕事を取ることになれば、仕事がなくなった使用人は解雇されてしまう。侯爵の妻は、使用人のように働くのはよろしくないのだ。

「侯爵夫人って、何をすればいいの?」

貴婦人の仕事は主に社交だ。茶会に招いたり、招かれたり。貴婦人同士、上手につき合うことが仕事になる。

しかし、田舎暮らしだったサリーディアは、茶会や舞踏会に出席したことがない。この別邸も王都から離れている。茶会や夜会を開いても、来る人はいない。

ヴィンセントは別邸に腰を据え、本邸に移る様子はない。しばらくはサリーディアもここで暮らすことになるのだろう。

「別邸にいたら、お仕事に差し支えるんじゃないかと思うのだけど…」

自分から本邸に移りたいとは言えないし、移りたいとも思わなかった。馴染《なじ》んだ使用人たちと離れるのは心細いのだ。

「私と一緒に、ヘキも本邸に来てくれるのかしら」

明るくてよく働くヘキは、サリーディアにはなくてはならない存在になっていた。こんな妹がいたら、母が亡くなった後も寂しくなかっただろうし、ミルドレン伯爵家での暮らしもどんなに楽しかっただろう、と思うのだ。

丹精された庭を抜けると、邸の後方にはクローバーの野原が一面に広がっていた。遠くには森も見える。地方貴族が狩りを楽しむためだろうか、コテージ風の小振りな建物が森を囲むようにいくつか点在している。

どこか、懐かしさを感じさせる風景だった。

パラソルを閉じ、しばしその景色に見とれる。

「ここは、あのクローバーの野原のよう」

母と焼き菓子を食べた思い出の場所のような気がして、サリーディアは陶然となった。

「似ている気がするけど、大きな木がないわ。私はお母様と大きな木の下に座っていたんですもの」

葉影が敷物の上に模様を描いていたのを覚えている。低木も数本、近くにあったはずだ。

「私の空想なのかしら…」

寂しげに呟いて野原に背を向けると、男の声が聞こえてきた。

一方的に誰かを責めている。別邸では聞いたことのない声だ。

気になったサリーディアは声のするほうへと足を運び、木陰からそっと覗いた。

ヴィンセント様！

あの夜以来、初めて目にするヴィンセントの姿にサリーディアの胸は高鳴った。

濃い紫紺色の詰襟服とは違って、今日は白いシャツにこげ茶のズボンを穿き、幅広の黒いベルトをしている。

そして、もうひとり。ヴィンセントよりほんの少し小柄な、けれど、がっしりとした体躯の男が、サリーディアに背を向けるように立っていた。

異国の人間なのだろうか。頭に布を巻き、この辺りでは見かけない服を着ていた。

あの服…、馬車の中でヘキが着ていた服と同じ形だわ。

同じように肘当てと膝当てをつけている。ここからでは見えないが、胸当てもつけているのだろう。

「約束したではないか」

男が強い口調でヴィンセントに詰め寄った。

「それについては謝罪する」

「謝って済むことか。俺を、俺たちを、お前は裏切ったんだぞ！」

男が吐き捨てる。

ヴィンセントをお前呼ばわりする男にサリーディアは驚いた。男は上位貴族なのか、それとも、親しい友人なのだろうか。

立ち聞きはよくないとわかっていても、この場を離れることができなかった。

「ハイデルガの中洲はお前の土地だ。俺たちのものではないのはわかっている。だが、お前は言ったではないか。ここハイデルガを俺たちの故郷としないか、と。侯爵家の領民として暮らさないか、と」

ハイデルガの中洲。

サリーディアは息を呑んだ。

自分の対価として、ハンドラに譲渡された土地だったからだ。

デオダランにはレーン大河がある。対岸がまったく見えないほどの雄大な流れは、デオダランの人々の暮らしを支えている。

大河はある場所でレーン河とサイドル河に分かれ、再び一本の大河となって海へ下っていくのだが、分かれた場所にできたのがハイデルガの中洲だ。

中洲と呼ぶものの、裕福な中流貴族の所領並みの広さがあると、サリーディアはジェイムズから聞いた。

ハイデルガの中洲には人が暮らしていたの？

「種蒔《たねま》きを終えたばかりのハイデルガから、いきなり立ち退《たの》けとはどういうことだ」

サリーディアは蒼白になった。

「すまない」

「謝罪が欲しいんじゃない。理由を言えと言っている！」

激高した男が身体を動かし、横顔がサリーディアに見えた。

男はヘキと同じ赤銅色の肌をしていた。

やっぱり…、この方はヘキの一族なのだわ。それじゃあ、ハイデルガの中洲に住んでいたのは、ヘキの家族。

心臓が早鐘を打ちだした。

「では、こちらから聞いてやろう。娘を買ったそうだな」

ヴィンセントは無言だった。

「俺に調べてくれと言った、あの娘だろう。妻にする気もない娘を手に入れるために、多額の金を払ったそうじゃないか」

男の言葉に、サリーディアは茫然とした。眩暈《めまい》に襲われ、木立に縋ってずるずるとしゃがみ込む。

妻にする気もない娘…。私は、ヴィンセント様の妻になったのではなかったの？

サリーディアは視線を彷徨《さまよ》わせた。そして、婚姻の書に署名をしていないことに今さらながらに気づいた。

貴族の結婚は国王の認可がいる。地方の下位貴族ならいざ知らず、侯爵家ともなればあいまいにはできない。国王に申請して認可をもらい、初めて挙式の準備に入る。挙式の規模は爵位や資産によって違うが、婚姻の書への署名は必ず行わなければならない。

そのはずだった。

お義母様は縁戚関係になると喜んでいたけど…。

ハンドラに言われてヴィンセントと身体を繋いだが、その後は、馬車でこの別邸まで連れてこられただけだ。

ヴィンセント様は妻にするとおっしゃらなかった。

別邸に来てからは使用人まかせで、サリーディアはほったらかしにされていた。

「あの娘のために中洲を渡したのか？　多額の金を払った上に、俺たちの暮らしをぶち壊したのか！」

「皆の暮らしは考えている。急を要することだったのだ。事後承諾になってしまったことは…謝罪する」

私は、情婦として買われたの？

金で買われても、妻になったのだと思っていた。優しい使用人に傅《かしず》かれ、こうして暮らしていくのだと思っていた。

私は思い違いをしていたのね。侯爵夫人としてどうすればいいかしら、なんて考えたりして…。ふふ…、バカみたい。考えればわかりそうなものなのに。

傾き始めた伯爵家の娘など、なんの価値もないことを。

「俺たちは流浪の民として各地を放浪してきた。迫害も受けてきた。だが、お前はそんな俺たちに手を差し伸べてくれた。俺はお前を信じ、定住に難色を示す一族を説得したんだ」

ならば、なぜあの時、私を抱いたの？

苦境から救ってくれたことに恩義を感じている。ヴィンセントが買ってくれなかったら、サリーディアは今頃どうなっていたかわからない。

でも、誰かの幸せを踏みにじるくらいなら、ほうっておいてくれたほうがよかった！　誰かが犠牲になるなんて、望んでいなかったわ！

「中洲を開墾し、穀物が収穫できるようにしたのは俺たちだ。毎年収穫量を増やし、侯爵家を豊かにすることにも貢献してきた。なのに、今さら明け渡せとはどういうことだ！　娘ひとりのために、俺たちを見捨てたのか！」

矢も楯《たて》もたまらなくなったサリーディアは、立ち上がってヴィンセントたちの前に姿を現した。

「誰だ！」

誰何《すいか》したヴィンセントが、サリーディアの姿に目を見張った。

「なぜここにいる。邸にいたのではないのか？」

男が振り返った。

男はヘキと同じ赤銅色の肌に、明るい緑色の瞳をしていた。年の頃は三十歳くらいだろうか。ヴィンセントより年上に見えた。眉間《みけん》に深い皺が刻まれた男の顔は険しい。突然現れたサリーディアを、怪訝《けげん》な顔で見ている。

「ヴィンセント様を責めないでください。私のせいなのです！」

「邸に帰れ」

ヴィンセントが腕を振った。

サリーディアは一瞬身を竦ませたが、怯《ひる》まなかった。ヴィンセントたちに向かって歩みを進める。

「立ち聞きしたことはお詫《わ》びします。ですが、私に関《かか》わることです」

「そなたには関係のないことだ」

ヴィンセントは吐き捨てた。

「いいえ、私のせいでこの方々の土地が奪われたのです。知らぬ顔はできません！」

サリーディアは拳《こぶし》を握ってヴィンセントの顔を見上げた。

「お前か。お前のせいで俺たちはハイデルガを追われた」

男はサリーディアを睨みつける。

「申し訳ありません。あの土地は…、私の義母に譲渡されました」

「譲渡？」

男は驚いた顔をする。

「関係ないそなたは口を挟むな。これは私とラゴ、この男との問題だ」

「でもっ！」

「ラゴ、その話はここではできん。私の部屋に来てくれ」

ヴィンセントはラゴを促すと、サリーディアに背を向けて邸へと歩いていく。

「おいっ、なんだ。外で話そうと言ったり、中でと言ったり」

ラゴは呆れたような顔でヴィンセントに文句を言った。

「待ってください！」

サリーディアは追い縋ったが、ヴィンセントはサリーディアの手を振り払うと、何もするな、と言い捨てて歩き去ってしまう。

ラゴは去っていくヴィンセントとサリーディアを交互に見てから、サリーディアに向かって何か言おうとした。だが、小さく舌打ちしただけで、ヴィンセントの後を追った。

ひとり残されたサリーディアは、ヴィンセントに払われた手を握りしめ、その場に立ち尽くしていた。

床に就いてもまったく眠気がやってこなかった。ここ何日間か、毎晩こんな状態だ。

「ヴィンセント様は、あの方たちの暮らしは考えているとおっしゃったけれど…」

我が身が発端になったハイデルガの件に、サリーディアは心を痛めていた。

ミルドレン伯爵家で肩身の狭い思いをしていただけでも、サリーディアは辛かった。しかし、欲しいものが買えなくても、最低限の衣食住は確保されていたのだ。

安住の地を奪われるのは、どれほどの悲しみだろう。

あれから再三ヴィンセントに面会を求めてきたが、執務室から戻ってくるジェイムズの返事は、色よいものではなかった。

ラゴの怒りに満ちた顔が浮かぶ。

「ヘキはどう思っているのかしら」

ヘキは何も言わない。当然、ハイデルガの話は聞いているはずだが、侍女として毎日笑顔で世話をしてくれている。

内心では、自分のことを腹立たしく思っているのではないか。一族が土地を追われてしまったことを恨んでいるのではないか。

そう考えると、居てもたってもいられなくなる。

サリーディアはショールを羽織って寝台から下りた。脇で眠っているアッシュは目を覚まさなかった。ミルドレンの邸では小さな気配にも敏感だったが、このところ眠っていることが多くなった。

足音を忍ばせて自室を出ると、左翼の建物の二階へと上がり、ヴィンセントの執務室へと向かう。取り次ぎもなく訪れるのは失礼だとわかっていても、直接行くしかないと思った。

サリーディアは暗い廊下を進んだ。

「多分この辺りが執務室だと思うのだけど」

不安げに廊下を歩いていると、少し離れた場所の扉が開き、中からトレイを持ったジェイムズが出てきた。サリーディアの姿にジェイムズは足を止めかけたが、部屋の扉をそっと閉めた。

「サリーディア様、このような時間に……」

「ヴィンセント様に会いたいのです。あのお部屋が執務室ですね。まだお仕事をなさっているのですか?」

「はい。ヴィンセント様がお忙しいのは本当でございます」

「それはわかっています」

だから、面会を断られても、仕事の邪魔をしてはいけないと我慢してきたのだ。

「でも、どうしてもお会いしなければならないのです」

これ以上待つことはできなかった。

ジェイムズが引き止めるのもかまわず執務室の扉をノックし、返事を待たずに開ける。

ランプが煌々《こうこう》と灯《とも》された執務室の奥。窓を背にして、大きな天板の机に向かって座るヴィンセントがいた。手にした書類を睨みつけている。机の上にはたくさんの書類が山積みになっていた。

脇に置かれた書き物机にはエドワードが座っていて、入ってきたサリーディアにぎょっとした顔をした。ヴィンセントは顔を上げ、サリーディアの姿に一瞬驚いたものの、すぐに書類に視線を戻した。

「ヴィンセント様、お話があります」

「なんの用だ」

顔を上げずに答える。目を通し終えたのだろう、羽根ペンで書類にサインを入れている。

「ハイデルガの中洲の件です」

サインを終えた書類を脇に置かれた箱に入れ、また別の書類に目を通し始める。

エドワードは、自分はここにいてもいいのだろうか、と中途半端に腰を上げたり下ろしたりしていた。

「ヴィンセント様、お忙しいのは重々承知しています。ですが、少しだけ私にお時間をください」

サリーディアは机の前まで進んだ。

「話すことはない」

「いいえ、中洲をラゴ様たちにお返しください。私がミルドレン伯爵家に戻れば、お義母様は諦めるはずです」

「その件は済んでいる。そなたが口を挟むことではない」

「ですが！」

ヴィンセントは手にしていた書類をばさっと机の上に置くと、渋々といった感じで顔を上げた。

「口を挟むなと言ったが、聞こえなかったのか？」

すげない口調だ。

「取り次ぎもなく、こんな時間に訪れるのはいかがなものか…。もう寝なさい」

子供を諭すように言うヴィンセントに、サリーディアは腹が立った。

頼んでも会ってくれないのは、ヴィンセント様じゃない！

ヴィンセントの返事を持って帰ってくるジェイムズは、毎回申し訳なさそうに頭を下げる。

そのたびに、サリーディアは心苦しくなるのだ。

毎日毎日それの繰り返しで、サリーディアは鬱憤《うっぷん》が溜《た》まっていた。

「遅い時間なのも、お忙しいのもわかっています。でも、私にはこの時間しかないと思ったのです」

ヴィンセントはわずかに眉を寄せた。意味がわからなかったのか、続きを促しているのか……。

サリーディアは腹立ち紛れに言った。

「だって、私はヴィンセント様の情婦ですもの！」

ヴィンセントの瞳が鈍く光り、視線がサリーディアを射抜いた。

サリーディアは棒立ちになり、息が止まりそうになった。

「ヴィンセント様、僕は席を外したほうが……」

気まずそうにエドワードが立ち上がると、今日はもう下がれ、とヴィンセントは執務室から出ていくように言った。

ほっとしたような顔でエドワードが出ていくと、ヴィンセントは再びサリーディアを見た。

「それが、こんな時間に来た理由だと？」

「はい」

「情婦だから？」

ヴィンセントは愉快そうに尋ねるが、目は笑っていない。

こんな話をしに来たのではなかったし、情婦だなどと言うつもりもなかったが、からかうように聞き返され、サリーディアは引くに引けなくなってしまった。

「ええ。お願いしても昼間は会ってくださらないではありませんか。だから、取り次ぎも頼まずに来たのです。すべては私の意思でしていることですから、ジェイムズを叱らないでください」

「なるほど」

ヴィンセントは椅子《いす》の背もたれに身体を預けた。ぎしっと椅子が鳴いた。

「情婦なら、何をしに来たのだ？」

「ですから、ハイデルガの話を……」

「情婦なら情婦らしく、ここに座れ！　そして、私の前で足を開け！」

ヴィンセントは机を叩き、地を這うような低い声で言った。

サリーディアは身を竦ませた。

お怒りになった。

「情婦なら、私を楽しませてみろ」

背もたれに深く寄りかかって足を組むと、ヴィンセントは金赤色の瞳でサリーディアを見上げる。

そんなつもりではなかったと今さら言えなかった。不満をぶつけたのも、情婦だと言ったのも自分だ。

「できぬなら帰れ」

無体な要求を突きつければ、私が逃げ帰ると思っていらっしゃるのね。

ここまで拒まれる理由がわからなかった。わかっているのは、今を逃せば、次の機会はないということだけ。

サリーディアは意を決し、言われたとおりに机の上に座った。ヴィンセントを見下ろすようになる。サリーディアは顔を背けた。

見えなくても、肌でヴィンセントの視線を感じた。

あの瞳で、私を見ていらっしゃる。

邸の中でも、庭を歩いていても、ふっと感じる時がある。振り返っても、辺りを見回しても誰もいないのに、金赤色の視線が、自分を追っているように思えるのだ。

それは決して嫌な視線ではなく、たんぽぽの綿毛が肌を撫でていくようなくすぐったさがあった。

胸が高鳴った。

あの美しい金赤色の瞳が、間近で舐めるように視線を這わせているのだと思うと、身体の深部が絞られているように疼きだす。

ああ、どうして…。ヴィンセント様の視線だけで、私…。

秘めたる場所が潤み始める。

媚薬で我を忘れ、ヴィンセントを求めて幾度も繋がったあの夜を、サリーディアの身体は忘れていなかった。頭の中では過ぎ去ったことと捉《とら》えていても、あの、得も言われぬ快楽を覚えているのだ。

サリーディアは秘部の疼きに戸惑いながら、目を閉じてヴィンセントが触れてくるのを待った。だが、ヴィンセントは身動きすらしない。

「いつまでそうしているつもりだ」

ヴィンセントの声は低く、抑揚がなかった。

「え？」

目を開けると、ヴィンセントは背もたれに身体を預けたままの姿でいた。

「早く夜着の裾を捲《めく》り、足を開け」

情婦ならば自分から誘え、と言うのだ。

サリーディアは視線を彷徨わせて躊躇いがちに夜着の裾を捲ると、おずおずと小さく足を開いた。

「それで開いたつもりか」

冴《さ》え冴《ざ》えとしたヴィンセントの声に、サリーディアはさらに大きく広げた。

秘部がぴくぴくと蠢く。

「……っ……」

ダメよ、ヴィンセント様が見ているのに。

恥ずかしくて居たたまれなかった。下着越しとはいえ、蠢いているのが見て取れるだろう。

これではまるで、男を欲しがる淫らな情婦そのものだ。

サリーディアは蠢きを止めようと、下腹に力を入れた。しかし、見られていると思うと余計に反応してしまう。

下着越しに、ヴィンセントの指が秘部に触れた。

「くっ…」

肉の狭間に沿って、湿った生地を指先でなぞっていく。触れるか触れないかの微妙な感触が蠢きを増長させ、秘部はヴィンセントを妖しく誘う。

「…ぁぁ……」

羞恥に顔を火照らせ、サリーディアは身体を仰け反らせた。

くすぐるようなもどかしい指の動きに、蜜が溢れてさらに下着を濡らす。

ヴィンセントが息を吐いた。

きっと、呆れていらっしゃるんだわ。だから…。

溜息をついたのではないか。

見えない分、ヴィンセントのほんの少しの動きすら気になってしまう。

どうして何もおっしゃらないの？

すぐ傍にいるのに、ヴィンセントが遠くにいるように感じた。すると…。

下着がずらされ、くちゅりと音を立てて指が蜜壺に入り込んできた。ヴィンセントの指は濡れそぼった蜜壺の奥、柔らかな肉筒の中へと難なく進んでいく。

「ん…っ」

快楽を覚えている肉筒は、ヴィンセントの指をしっとりと包み込んだ。指の動きに合わせて卑猥な音を響かせ、さらなる快感を得ようとする。

「あぁぁっ…ふぅぅ…」

執拗に擦られたサリーディアが身体をよじると、ばさりと音がした。

意識が遠のいていたサリーディアは、はっと目を開けた。机の上にあった書類が落ちたのだと気づく。

そして、執務室の机の上に仰向けになり、足を大きく開いている自分の姿にも…。

「あっ、書類が…。拾わなければ」

「放すのはそなたのほうだろう。私の指を食んでいる」

ヴィンセントは引き抜くどころか、さらに奥へと突き入れた。

「いやっ、ああ！」

肉筒がヴィンセントの指を咥《くわ》え込んだ。

「やぁぁ…、あ…っ…ヴィンセントさ、まっ…」

ヴィンセントの指が肉壁を削り、中をかき回し始める。身体を起こしていられなくなったサリーディアは、オーク材の天板に背を預けた。

豊かな栗色の髪が、床に向かって流れ落ちる。

指の数が増えて肉筒の中をバラバラに動きだし、指の一本一本が、感じるところばかりをこれでもかと攻め立てる。

「ひっ…ぁあ……、っ…んっ」

机の上で、サリーディアはヴィンセントの指に踊らされた。喘ぎがひっきりなしに零れ、艶を増していく。

蜜が絶え間なく滴った。ヴィンセントの指だけでなく掌までも濡らしている。指の動きは早く激しくなり、サリーディアを追い詰めていく。

ここが執務室であることも、身を預けているのが仕事をする机であることも、サリーディアの頭の中になかった。

あの夜のようにひたすら快感を追い、嬌声をあげ、腰をくねらせる。

気持ちがよくて、たまらなくて、ただ、ただ、ヴィンセントの指が紡ぐ快感に悶え、乱れた。

「あぁあ…ぁあ……」

きゅっと肉筒が収縮し、指を締めつけた。サリーディアはヴィンセントの指だけで絶頂を迎えた。

痙攣《けいれん》するように蠢く肉筒の中から、ヴィンセントの指があっさりと引き抜かれる。荒い息遣いでぐったりしているサリーディアをそのままに、ヴィンセントは立ち上がると、背を向けて窓辺に立った。

早く出ていけ、という意思表示なのだろう。ヴィンセントは無言だった。

重苦しい空気が執務室に満ちている。

サリーディアは天板から身を起こすと、身繕いして机から下りた。身体がふらついた。快感の余韻に引きずられて足に力が入らない。机に手をつき、羽根ペン立てがカタンと音を立てて倒れた。

それでも、ヴィンセントは振り返らない。

広い背中が自分を拒絶しているように思えた。

ただ、悲しくて、惨めだった。

身体は燃えるように熱いのに、心の中は一気に冷めていく。

サリーディアはよろよろと扉に向かった。泣きそうになるのを必死にこらえた。

泣いちゃダメ、と自分に言い聞かせる。

泣いたって、ヴィンセント様は振り返っても、お声をかけてもくださらないのよ。

一刻も早くこの場から、ヴィンセントから離れたかった。

扉を開けて執務室の外に出ると、ランプを手にしたジェイムズがいた。

扉の外にいたのなら、執務室で何をしていたのか気づいているだろう。サリーディアは気まずい思いで顔を伏せた。

「夜も晩《おそ》うございます。お部屋までお送りします」

いつものように穏やかなしぐさと口調だ。執事たるものは、主人の閨ごと程度で動揺することはないのだろう。

「ジェイムズ、ありがとう。でも、ひとりでもだいじょ、う…ぅぅ…」

サリーディアはこらえきれず嗚咽《おえつ》を漏らした。

「さあ、私にお掴まりください」

差し出された腕に、サリーディアは頷いた。

ランプをかざすジェイムズに導かれ、静まり返った屋敷の中を歩く。サリーディアは夜着の袖口で、そっと涙を拭《ぬぐ》った。

「暖かいお飲み物でもお持ちしましょうか？」

自室に着くと、ジェイムズが言った。サリーディアは頭を振った。

「ジェイムズも休んでください。ヴィンセント様はまだ起きていらっしゃるけれど…」

ヴィンセントの後ろ姿が浮かぶ。

まるで、お父様のよう…。

いつも背中を向けていた父。

父が自分のことをどう思っていたのか、知る機会を得ることはなかった。

ヴィンセント様のお考えが、私にはわからない…。

父に歩み寄っていれば、父の胸の内を知ることができたのでは、と後悔している。だから

ヴィンセントに近づこうとするのに、ヴィンセントは遠ざかっていく。

これから先も、ヴィンセントの胸の内を知ることはできないのかもしれない。

サリーディアは涙が零れそうになり、睫毛《まつげ》を伏せた。

部屋から出ていこうとするジェイムズに、サリーディアは声をかけた。

「ジェイムズは…、ヴィンセント様の考えていらっしゃることがわかる？」

ジェイムズは足を止め、ヴィンセント様のお考えが私のような者にわかるはずはございま

せん、と言った。

「そう…」

「あの方を信じて従うだけでございます」

「あの方を信じて…」

サリーディアはジェイムズの言葉を繰り返した。

「サリーディア様、ヴィンセント様をお信じになってください」

いつもは問いかけるよう、伺いを立てるように話すジェイムズがきっぱりと言いきった。

「ジェイムズ…」

「これは、余計なことを申しました」

お休みなさいませ、とジェイムズは一礼して出ていった。

扉が閉まると、くうんとアッシュが鳴いた。

「アッシュ、起きていたのね」

アッシュは立ち上がり、パタパタと尻尾を振ってサリーディアの傍へやってくる。利口なアッシュは、ジェイムズとの話が終わるまで待っていてくれたのだ。足元に座ると、サリーディアの顔をじっと見上げる。

「なんでもないの、大丈夫。大丈夫よ。さあ、いらっしゃい。一緒に寝ましょう」

サリーディアが寝台に登ると、アッシュも隣で寝そべった。柔らかな毛皮に頰を寄せるとほっとして、また涙が滲んでくる。

あの方を信じて従うだけでございます。

ホズウェル侯爵家に仕える者としての自信に満ちた言葉。

別邸の、いや、本邸も含め、ヴィンセントに仕える者たちは、ジェイムズと同じ意思で働いているのだろう。

「私だって…、信じたい。ヴィンセント様を信じたいのよ」

信じたから、今、自分はここにいる。

「でも、私ひとりだけ…」

ヴィンセントから疎外されているのではないかと思えてくる。

そんなことはないと思っても、ヴィンセントに避けられているサリーディアは、自分はホズウェル侯爵家に必要のない人間なのでは、と考えてしまうのだ。

「ヴィンセント様は、どうして私に会ってくださらないの？　こんなふうにほったらかしにするくらいなら、なぜ私を買ったの？」

情婦だと自分で言ったけれど、情婦ですらないのではないか。

サリーディアに向けた無言の背中は、高い壁のようだった。

「ハイデルガの話もできなかった…」

取りつく島もなかった。蜜壺を嬲って喘がされ、それでごまかされてしまった。

「抱いてもくださらなかった……」

呟いて、サリーディアは自分が呟いた言葉に啞然《あぜん》とした。

ヴィンセント様に抱いてほしかったの？

「違うわ…、違う。手慰みのように嬲られるくらいなら、抱かれたほうがマシだったというだけよ！」

わなわな震える唇を嚙む。

そうなの？　ヴィンセント様を求めていたのではないの？

「いいえっ！　そんなことない！」

ヴィンセントに嬲られた秘部は熱を持ったままで、熾火《おきび》が燻《くすぶ》っている。

「私はなんのためにここにいるの？　妻ではない。情婦にもなれない。いったい…」

ままならない己の身体が恨めしい。男を、ヴィンセントを知ってしまった身体は、自分のものではなくなってしまったようだ。

己の身体も心も把握できないのに、どうして他人の心が理解できようか。

「どうすればいいの？」

自問自答するサリーディアを、アッシュが不思議そうな顔で見ている。サリーディアはアッシュを抱きしめた。アッシュは尻尾を揺らした。

「アッシュ、私は…」

サリーディアはアッシュを抱きしめ、ひとしきり泣いた。


大勢の人々が荷物を積んだ幌《ほろ》馬車や馬やロバに乗って、そして徒歩で、長く連なってやってきた。羊やヤギも人々に紛れて歩いていた。

皆、ヘキやラゴと似たような風貌の人々だった。ハイデルガの中洲で暮らしていた一族が引っ越してきたのだ。

邸の裏手に広がるクローバーの野原に幌馬車から荷物を降ろし、ラゴの指示で柱を立てると、あっという間にいくつもテントを組み、キャンプを張った。他国を流れ、移り住んできた人々には、その作業が苦ではないのだろう。

サリーディアが窓から野原を見ていると、ジェイムズがお茶を運んできた。

「ヘキは渋々納得しました」

「ヴィンセント様が言ってくださってよかった。私では聞き入れてくれなかったわ」

家族が来るのだから好きな時に休みを取りなさい、とサリーディアが勧めても、ヘキはうんと言わなかったのだ。

「彼らはここで暮らすのですか？」

人々の服装は男も女もあまり変わらない。おおむねシャツにズボンを穿いている。なめし革の肘当てと膝当てをつけている者は半々くらい。胸当てをつけているのはラゴとラゴに従っている数人の若い男たちだけだ。

見たところ男は少なく、いても年老いた者ばかりでほとんどが女や子供だ。総勢で百人に満たないようだ。

大きな子供たちは近くの川に水を汲《く》みに行ったり、竈《かまど》の準備を始めたりしている。小さな子供たちは野原を駆け回り、笑い声が響いていた。放たれている馬やロバは、それぞれに草を食んだり水を飲んだりしている。

デオダランでは聞いたことのない不思議な旋律の歌を口ずさみながら、皆が笑顔で生き生きと働いていた。楽しそうだ。

「一時的な措置と伺っています。本邸付近にも土地はありますが人の出入りも多いですし、王都に近いので彼らも住みにくいでしょう。ここは田舎ですし、別邸には尋ねてこられる方もいらっしゃいませんから」

デオダラン国民と外見が異なる一族は、迫害されることがあるのだろう。

「そろそろ狩りの時期ですので、森近くのコテージをご利用になられる方々がおられましたが…」

森の際《きわ》に建っている建物だ。

「そういえば、あのコテージはどちらかの別邸なの？」

「森もコテージもホズウェル侯爵家のものでございます」

「コテージも」

「ご親族の方々がよくご利用に」

今はまったく使われていないようだ。

「それは、ヴィンセント様がホズウェル侯爵家をお継ぎになったからなの？　…あ、ごめんなさい。変なことを聞いてしまって…」

「先代様にはご兄弟が、お腹違いも含めて何人もいらっしゃいましたが、ヴィンセント様がホズウェル侯爵となられてから、まったくおつき合いはございません」

「前の侯爵様がヴィンセント様をどこからか連れてきたという噂は……」

「事実でございます」

前侯爵はどこからか子供をひとり連れてきた。その子供は異相で、出自を知っているのは前侯爵だけだったが、前侯爵は一切語らなかった。そして、親族に相談もなく、連れてきた子供に自分の跡を継がせることを決めた。親族は当然反対したが、前侯爵はどんな手妻《てづま》を使ったのか、当時の国王を快諾させた。

窓から見える森は広大だ。ミルドレン伯爵家のちっぽけな所領など、すっぽり飲み込んでしまうほどに。

だが、広いクローバーの野原も広大な森も、所領のほんの一部だ。ホズウェル侯爵家の所領はいったいどのくらいあるのか、サリーディアには想像もできない。

親族にしてみたら、前侯爵は気でも狂ったのではないかと思っただろう。出自もわからない異相の子供を跡継ぎにしたのだから。

ヴィンセントがホズウェル侯爵になってから、所領内の灌漑《かんがい》工事が多く行われるようになった。橋の建設や街道整備も、土木工事には領民が従事する。賃金は侯爵家から支払われるので、男たちは率先して働きに来るらしい。

灌漑によって穀物の収穫も増え、工事で別途の収入を得る機会もあり、領民の暮らしに余裕が生まれた。

ゆとりがあるので、酒場にちょっと飲みに行く。小間物屋で小さな髪飾りをひとつ買う。そんなささやかな喜びをもたらしてくれる異相の侯爵を、領民はすんなり受け入れた。領民にとって、統治者の外見などどうでもいいのだ。

所領内で売り買いが盛んになれば、行商人など人や物の出入りが頻繁になる。税収が上がる。さらに、争い事や犯罪も増え、領民からの訴えも増える。

管理統治するのは、家令やその下に就いている事務方、指示を受けて治安維持に努める兵士たちだが、訴訟も多く、最終的にすべての判断を下すのはヴィンセントだ。豊かでも治安が悪くなっては元も子もない。だから、夜遅くまで処理に追われているのだ。そうしなければ回らないのだろう。

「ヴィンセント様は今、どの辺りかしら」

怪我が癒えたと知った国王から呼び出されたヴィンセントは、ラゴの一族の到着と前後して、王都に向かった。

ヴィンセントに背を向けられてから、サリーディアはジェイムズに面会を頼むことをやめた。会おうという気も、ハイデルガの件で動く気もないのだとわかったからだ。

執務室で絶頂を迎えてしまい、気まずかったのもある。

だが皮肉なことに、諦めた途端姿を見かけ、廊下の角で出会い頭にぶつかりそうになる。

ヴィンセントの顔を見上げて慌てて視線を逸らし、どう声をかけるべきか、何を話せばいいのか、と戸惑っているうちにヴィンセントは通り過ぎていく。

サリーディアはヴィンセントの広い背中を見送るばかりだった。

「ヴィンセント様おひとりでしたら、かなりの行程を進んでいるでしょうが…」

ヴィンセントが王都に旅立つ日、わふっと吠えたアッシュを、ヴィンセントはしばらく見つめていたが、サリーディアには何も言わなかった。サリーディアもヴィンセントに言葉をかけなかった。

ジェイムズに後を頼むと言い、ちらりとサリーディアを見ただけで旅立っていった。

エドワードが二度ほど振り返って手を振ったけれど、ヴィンセントは一度も振り返らなかった。

ヴィンセントの姿が見えなくなると、サリーディアは気が抜けたようになった。と同時に、妙な寂しさを感じた。

そして、日が経つにつれ、寂しさは次第に心細さへと変わっていった。

別邸内で、庭で、ふと感じる視線がないのだ。それが、どうにも心許《こころもと》ない。

ヘキもジェイムズも使用人たちもいて、これまでとなんら変わらないというのに…。

顔すらろくに見なかったヴィンセントが邸内にいると思うだけで、安心感があったのだろうか。

あの視線に、見守られていたのだろうか、と思えてくる。

「ヴィンセント様の技量についていけるのは、エドワードだけでしょう」

つき従っているのは、エドワードと別邸に常駐する兵士だ。といっても、別邸には元々五人程度の兵士しか常駐していなかった。二人が残り、三人が従っている。

「エドワード様はどういった方なのですか？」

「あの方のご実家は、ホズウェル侯爵家の縁戚に当たる伯爵家なのです」

「伯爵家のご子息ですか？」

「はい。ヴィンセント様が侯爵位を継ぐと決まってからは、おつき合いのまったくない親族でございました」

ジェイムズの話では、ヴィンセント様にお仕えしたいのです、と突然やってきて、居ついてしまったのだという。

「ホズウェル侯爵家においでになったのは、十七歳の頃でしょうか。細いお身体で、幼さの残るお顔でした。ヴィンセント様は剣術などをかなり厳しく指導し、しばらくしたら泣いて帰るだろうとおっしゃっていたのですが…」

ヴィンセントの思惑に反し、エドワードは日々精進を重ね、今ではヴィンセントの片腕として侯爵家になくてはならない人間になった。

ヴィンセントに仕込まれたエドワードは、剣術も馬術もかなりの技量を持っているのだという。しかし、他の兵士たちは違う。彼らに合わせた早さで進んでいるのなら、三割程度ではないか、とのことだった。

ヴィンセントはよほどのことがない限り王宮に顔を出さない。それは、ヴィンセントの外見に由来するのだろう。

ヴィンセントが畏怖されているのは、コドリーやダーネルの態度からサリーディアも気づいた。ヴィンセントもそれをわかっていて、姿を見せないようにしているのではないだろうか。

灰色が不吉だなんて、迷信だわ。

いい加減に顔を見せに来い、と催促しても来ないヴィンセントに国王は、来ないのならこちらから出向くぞ、と半ば脅しのような口上を持たせた使者を送ってきた。なので、仕方なく重い腰を上げたのだ。

ヘキがキャンプに向かって駆けていくのが窓から見えた。いつものお仕着せではなく、一族と同じ服を身につけている。

ヘキは親元を離れ、別邸で働きながらジェイムズから読み書きを習い、デオダラン国に馴染めるよう行儀見習いをしている。

久しぶりの一族との再会だ。ヘキは嬉しそうに皆と抱き合い、言葉を交わしているのが遠目に見えた。周りのテントからも人々が出てきて、ヘキを取り囲み始める。

「ご両親とお祖母様、弟さんと妹さんがいると聞いたけれど、皆さん来ているの？」

「男衆は本邸にいる兵士と剣術の訓練をするようで、父親はこちらには来ていないのではないでしょうか」

「剣の訓練を？」

「ラゴ様もですが、あの一族の男はなかなかの技量を持っているようです。ヴィンセント様がそう願ったのだとか」

各地を移り住んできた彼らには、剣の技量が必要になる過酷な状況が多々あったのだろう。男たちは大国の侯爵家に仕える兵士以上の技量を磨き、一族を守り続けてきたのだ。

誰かが歌い始めた。すると、皆がそれに倣う。

手を取り、輪になり、くるくる回りながらステップを踏み、踊りだす。

歌はどこの国の言葉だろうか。

サリーディアには意味が理解できなかったけれど、皆が歌って折り重なる旋律は、華やかなのにどこか物悲しく、心を揺さぶられるような郷愁を感じさせるものだった。

サリーディアはお茶を飲みながら、人々の歌声に耳を傾けた。

踊りの輪が解け、人々が再びその日の営みに戻り始めた頃、サリーディアはキャンプへと向かった。ヘキの家族に会いたかったのだ。

サリーディアが近づいていくと、ヘキは嬉しそうに笑った。

「サリーディア様！　わざわざお越しくださったのですか？　母さん、お祖母《ばあ》ちゃん、私がお仕えしているサリーディア様よ。美しい方でしょう。とってもお優しい方なの！」

ヘキは母と祖母、近くにいる人々にサリーディアを紹介した。

「サリーディアです」

にこやかにしゃべっていた人々は、サリーディアの名前を聞いた途端、皆硬い表情になって押し黙った。それぞれがよそよそしく挨拶をして、そそくさとその場を離れていく。

残ったヘキの母と祖母は、困ったような顔をしていた。

「母さん、皆どうしたの？」

ヘキは去っていった人々を不思議そうに見た。

「お前は聞いていないのかい？　私たちがハイデルガからここに来ることになった理由を」

「あ…、ええ、ヴィンセント様とラゴ様から聞いたわ」

「ならばわかるだろう」

ヘキの母はサリーディアをちらりと見た。

「でも、それは仕方がないことだったのよ」

「ホズウェル侯爵様がお決めになったことだ。文句は言わないよ。あの土地は侯爵様のものなんだから。でもね、私たちにだって心はある。我慢できることと我慢できないことがあるんだよ」

「サリーディア様はここまで足を運んで、言葉をかけてくださったのに…」

ヘキは不満そうだった。

だが、サリーディアは申し訳なさでいっぱいになった。自分のせいで、彼らは住み慣れた土地を離れてここまで来たのだ。原因となった自分が呑気《のんき》に挨拶しに来ても、受け入れてもらえないのは仕方がないことだ。

「無礼は働いていないよ。皆、ちゃんと挨拶しただろう」

「だけど…」

「わかっておくれ。こうしてお前に会えたのは嬉しいが、種を蒔いて、芽が出たばかりの畑を手放してきたんだよ。それがどういうことか、お前だってわかるだろう」

「それは…」

「ヘキ、いいの」

サリーディアは止めた。

「サリーディア様、でもっ」

「いいのよ」

サリーディアはヘキの母と祖母に向き直った。

「ご家族の方々に、ひとことご挨拶したかっただけなのです。ヘキには本当によくしてもらっています。ありがとうございます。そして、このようなことになってしまって、申し訳ありません」

サリーディアは深々と頭を下げた。

二人はサリーディアが頭を下げたことに驚きの表情をした。まさか、自分たちに向かって貴族の令嬢が頭を下げるとは思わなかったのだろう。

そこへ、ラゴと数人の男たちがやってきた。

「おい、何をしに来た」

険しい表情をしたラゴがサリーディアの前に立った。

「ハイデルガの中洲の件、お詫びしようと…」

「詫び？　詫びの一言で済むと思っているのか？　貴族様はお気楽なものだ」

「そんなつもりは…」

ただ、ヘキの家族に挨拶し、ラゴの一族に謝罪したかったのだ。

しかし、ラゴにサリーディアの気持ちは通じなかった。

「俺はあんたを許してはいない。一族の皆も同様だ。ヘキは侯爵家に仕える身だ。そこで与えられた仕事があんたの世話なら、それは仕方がない。だが、ここには近づくな。あんたの顔を見るだけで腹が立つ。早く別邸に帰れ！」

ラゴの厳しい言葉に、サリーディアは涙が出そうになった。だが、ぐっとこらえる。ここで泣けば、さらにラゴの怒りを買うことになるし、泣いて済む問題ではないのだ。

「あんまりですラゴ様！　ラゴ様は間違ってる！　サリーディア様が悪いんじゃない！」

ヘキがサリーディアとラゴの間に割って入った。サリーディアよりも小柄な身体で、大きなラゴからサリーディアを守ろうとする。

「ヘキ…」

サリーディアが十三歳の頃はまだ母が生きていて、甘えてばかりいた。しかし、ヘキは親元を離れて働き、こうして主《あるじ》に忠実であろうとする。

なんて優しい子。

「ヘキ、ラゴ様に口答えするなんて」

ヘキの母が止めに入る。

「いいえ！　ラゴ様も、母さんも、皆も聞いて！」

ヘキが叫んだ。

「私はデオダランに来てから、この国の人に嫌なことをたくさん言われたわ。近づくなって石を投げられたこともある。皆もそうでしょ！　それに、この国だけじゃない。他の国でもそういうことはいっぱいあった。移民を受け入れてくれる人たちはいたけど、そういうのはほんの一握りだもの。国に税をきちんと納めても、法律に従って慎《つつ》ましやかに暮らしても、汚いものを見るような目つきだった」

デオダランは移民が国内を通過することをよしとしているし、受け入れてもいるが、差別も多く、やってきても定住する者はほとんどいない。門戸を広げていても、受け入れようとする人が少ないのだ。

「でもっ！　でも、サリーディア様は私を初めて見た時、微笑んでくださったの。私の手をぎゅっと握ってくださった。そんなことしてくれる人、この国には誰もいなかった！」

ヘキがぽろぽろと涙を零す。

サリーディアの髪は栗色だ。幼い頃、黒く染めたらもっと美しくなるでしょうに、と使用人に言われたことがあった。凝り固まった考えから抜け出せない人がいるのを、サリーディアも知っている。排他的な人間もいるのだ。

ロマエがその使用人を怒っていたわ。こんなに美しい髪を真っ黒にするなんて、って。あの言葉がとても嬉しかったことを、サリーディアは思い出した。

だからヘキは…。

「いつもありがとうって言ってくださるのよ。ちょっとお手伝いしただけなのに、ヘキがいてくれてよかったって、助かったって。お針が下手な私に、サリーディア様は毎日教えてくださるの。ゆっくり、丁寧に、ちっとも嫌な顔をなさらないでつき合ってくださる。失敗しても、また明日頑張りましょうねって…おっしゃって、明日はきっと上手くいくわ、って励ましてくださるの。ヘキみたいな妹が欲しかったの…、って…。サリーディア様…は、本当に…お優しい方な…んだから…」

声を震わせ、泣きながら必死に訴えるヘキを、サリーディアは抱きしめた。

ヘキの心が嬉しかった。優しさが嬉しかった。

「ヘキ、ありがとう」

ヘキの背中を擦り、ハンカチで涙を拭うと、サリーディアはラゴに向き直った。

「ホズウェル侯爵家の使用人ヘキの主として、ラゴ様への無礼をお詫びします。私を思って言ってしまったことです。私の責任です。お許しください」

サリーディアはラゴに頭を下げた。

「ラゴ様がおっしゃるとおりです。私がお詫びしても、ハイデルガの中洲が戻ってくるわけではありません。ですが、心ならずもこういうことになってしまった以上、お詫びしたかったのです。私がキャンプに来たことで皆様を不快にしてしまい、申し訳ありませんでした」

ラゴは無言でサリーディアを見ていた。

「ヘキ、私は邸に戻ります」

「私もお供します」

鼻を啜《すす》ってヘキが言った。

「いいえ。お母様やお祖母様と積もる話もあるでしょう。今日はゆっくりして泊まってきなさい。午後にはヘキのお茶が飲みたいから、明日の昼頃に戻ってきてくれると嬉しいわ」

「サリーディア様……」

「家族とは…、会いたくても会えなくなる日が、別れなければならない日がいつか来るものよ。会えるならば、一緒に過ごす時間を大切にしてほしいの」

ヘキは涙を拭きながら頷いた。

サリーディアはヘキに頷き、皆に向かって軽く膝を折ると、その場を去った。

邸に向かいながらサリーディアは考えた。必死に考えた。

「どうするべきなの？　お母様、私はどうすればいいの？」

何もせずに手をこまねいてはいられないと思った。だが、ヴィンセントが動かなければ、自分にはどうすることもできない。

「ヴィンセント様に頼むのは、あの方の力を当てにすること。それではダメだわ。あの方が動いてくださらないって、不満を言うばかりでは…」

あんなにも自分を慕ってくれるヘキ。そのヘキの家族と一族のために、いったい何ができるのか。

「私にできること。私だけにできること」

別邸に立ち戻り、サリーディアはハンドラ宛てに手紙を書き始めた。

「お義母様が返すと一言言ってさえくだされば、ラゴ様たち一族にハイデルガの中洲が戻るのよ」

強欲なハンドラだ。頼んでもうんとは言わないかもしれない。それでも、書かずにはいられなかった。

「これでその気になってくだされればいいけれど…。わかってくださるかしら」

今のサリーディアにはそれしかできない。

「運命の歯車を回してくださる方がいるってお母様はおっしゃったわね」

微笑んだ母の顔が浮かぶ。

ヴィンセントに買われ、ヴィンセントが自分の運命を回してくれるのだろうと思ったが、違ったようだ。

母のような優しい女性になりたかった。母のように幸せになりたかった。

「お母様、私には回してくださる方がいないようです。楽しみにしてくだっていたのに、ごめんなさい」

サリーディアは母の形見のショールを抱きしめた。

自分がミルドレン伯爵家に戻り、改めて別の男のもとに嫁ぐ。だから、ハイデルガの中洲をホズウェル侯爵に返してほしい。

手紙には、そう認《したた》めた。

ヴィンセントが王都へ出立して一週間が経った。

毎朝目が覚めると、ヴィンセント様はいつ帰ってこられるのかしら、と考える。夜寝る前には、早く帰ってきてほしい、と願ってしまう。

ヴィンセントがいなくなって、サリーディアはそんなことばかり考えていた。

「別邸にいらっしゃったって、お話もできないのに…」

久しぶりに王宮に顔を出したヴィンセントを、国王はしばらく帰さないだろう。ジェイムズの話では、ヴィンセントは国王に気に入られているらしい。

ホズウェル侯爵家にとっては喜ばしいことだが、王宮が好きではないヴィンセントには、ありがた迷惑なのかもしれない。

いつものあの、私を寄せつけない雰囲気で、王宮を闊歩《かっぽ》されているのかしら。

サリーディアの中には二人のヴィンセントがいた。

サリーディアを遠ざける冷めた瞳のヴィンセントと、あの夜、サリーディアを抱いた熱いまなざしのヴィンセントだ。

「あの夜のヴィンセント様が、本当のヴィンセント様なのではないかしら」

邸の使用人たちはヴィンセントが好きだ。敬愛している。異相だから孤独なのかと思っていたヴィンセントは、皆から慕われていた。

ヴィンセントは心優しい人なのだろう。

「どうして私には本当の姿を見せてくださらないのかしら。あの方は、いつも私を避けてばかり…」

国王の命を守ったヴィンセントは英雄だ。地位は侯爵。立派な体軀に端整な顔。非の打ちどころがない貴公子だ。顔に傷があっても、ヴィンセントは整った面差しをしている。

ほんの少しでも笑顔をお見せになれば…。

灰色の迷信がなかったら、瞳が金赤色でなかったら、きっとヴィンセントは邸に引きこもってなどいないはずだ。

「上位貴族の令嬢方は、ヴィンセント様を好きになるでしょうね。もし、ヴィンセント様が奥様を迎えたら、そうなったら私は…」

美しい上位貴族の令嬢たちと、没落しかかっている田舎の伯爵家の娘とでは、比べる意味もない。

多額の金を払ってまで手に入れたのに触れようとしないのは、無駄な買い物をしてしまったと後悔しているからではないだろうか。

「私が邪魔になったのでは…」

泣くつもりなどないのに、涙が零れてしまう。

「どうしてこんなに悲しいの？」

ヴィンセントは優しい言葉すらかけてくれない。

「愛されてもいないのよ！」

サリサリーディアは自らが叫んだ言葉に愕然《がくぜん》とした。

「……愛、されて？　私はあの方に、愛してほしかったの？　……いいえ、そんなこと思ってないわ。お金で買われただけだもの」

ーディアは自室の中をうろうろと歩き回った。

「あの日、あの時思ったじゃない、白い結婚でもかまわないと。ダーネル子爵やコドリー男爵のところに売られるくらいなら、ミルドレンの邸から出られるならば、それでいいと思ったじゃない！」

妻になれないと知ってから、今の暮らしはいつまでも続かないのだと、甘えが出ないように自分を戒めてきた。

ハンドラからハイデルガを返すと返事が来れば、別邸を出てミルドレンの邸に戻ることになるのだ。返事が来なかったとしても…。

「いつか、ここを出ていかなければならないのよ」

ひとりぼっちになることを想像すると、不安に押し潰されそうになる。

「私は期待しているのね。また助けてくださるかもしれないと。だから、ヴィンセント様がいらっしゃらないと心細くなってしまうのよ。あさましくも、ヴィンセント様に縋りつこうとしているのよ。だから、愛してほしいなどと…」

誰かに縋らなければ生きていけない、貧乏な伯爵家の名ばかりの令嬢。

「孤独なのは、私のほう」

子供の歓声が響いた。

ぼんやり立ち尽くしていたサリーディアは濡れた頬をハンカチで拭うと、窓から庭を覗いた。庭の小道に一族の小さな子供たちが見えた。

無邪気に走り回る子供たち。

いつかこの庭を、ヴィンセントの子供が走り回る日が来るだろう。その時、自分はどこで暮らしているのだろうか、と考えると、また涙が滲んでくる。

「嫌だわ、どうして悲しくなるの？」

ハンカチをぎゅっと目頭に当てた。

先日、散歩中に庭の小道を駆けてきた子供たちとサリーディアはぶつかった。叱られると思ったのだろう。子供たちは怯えた顔をしたが、サリーディアが微笑むと子供たちは、はにかんだ笑みを浮かべてくれた。

庭で仕事をしているガーデナーは大きなハサミを持っているので、ぶつかると危険なのだとサリーディアは注意した。

ここで遊んでもいいのか、と聞いてくる子供たちに、ヴィンセントならばきっと許すだろうと思ったサリーディアは、子供たちと一緒にガーデナーのところへ行き、子供たちが庭に出入りする許可をもらった。

子供たちは今、不思議そうにガーデナーの仕事を見ている。

「私のせいでハイデルガを追われたのだと、あの子たちは知っているのかしら……」

子供たちは元気いっぱいだ。庭でサリーディアを見つけると、いつも駆け寄ってきてくれる。心細くなっているサリーディアの心を、明るくしてくれるのだ。

ここにいる間、少しでも楽しく暮らしてほしい。少しでもいい思い出を作ってほしい。

そう願うことしかできないのが歯痒い。

遠くまで広がるクローバーの野原へと視線を移した。

ラゴの一族は、野原の一角を耕し始めている。畑を作るようだ。一族は誰もが働き者で、だらだらしている者はひとりもいない。ヘキがよく働くのも、幼い頃からこうした一族の中で育ってきたからだろう。

今日はヘキに休みを与えた。

最初は遠慮していたヘキだったが、ジェイムズに諭され、サリーディアの前から辞した。足取りも軽く、キャンプに向かうヘキの姿が見えた。なんだかんだ言っても、家族に会いたいのだ。ヘキを迎えに来たのだろう。弟と妹がキャンプから走ってきた。兄妹仲良く手を繋いでキャンプに向かう。

サリーディアはいつしか微笑んでいた。

ヘキたちの前を、アッシュが悠々と歩いていく。今日は朝から元気だったので、ヘキにキャンプへ連れていってもらうことにしたのだ。

「なんて仲がいいのでしょう」

本当の兄妹がいないサリーディアは羨《うらや》ましくなる。

「アッシュも飛び跳ねているわ。元気になってよかった」

別邸に来て、アッシュには以前の覇気《はき》がなくなっていた。ミルドレン伯爵家では、サリーディアを守ろうと彼女は緊張の日々を送っていたのだろう。別邸には害をもたらす者はいないとわかり、気が抜けてしまったのかもしれない。

「サリーディア様、この後はいかがなさいますか？」

ジェイムズがやってきた。

「そうねぇ…」

「仕立屋を呼びましょうか」

「仕立屋ですか？　私の？　もう十分です」

そうですか？　とジェイムズは不思議そうな顔をした。

「まだ袖を通していないものもたくさんあるのよ」

上等なシルクやコットン、リネンで仕立てられた服や下着はたくさんある。あまりに上等すぎて、もったいない、と思ってしまうのだ。

貧乏性ね、と自分のことがおかしくなる。

「さようですか。晩餐会や舞踏会に出席なさるドレスは、まだお仕立てしておりませんでしたでしょう」

身体のラインが出るようなコルセットをつけるドレスは一枚もない。あれはきちんと採寸しなければ仕立てられないからだ。

いざとなれば自分で仕立てられるけれど…。

「ドレスを着る機会はないと思うわ」

ヴィンセント様と夜会に出ることなど、私にはないのだから…。

「そんなことはございません。ですが、ここは田舎ですので、腕のいい仕立屋が見つかりますかどうか…」

「ありがとう、ジェイムズ。でも、本当に必要ないのよ。さあ、ヘキはいないし、これから何をしようかしら」

努めて明るく話す。

いつもならこれからの時間、ヘキに刺繍を教えている。ヘキはお針が苦手と言ったが、普段着やお仕着せの仕立てはそれなりにできるし、一族が使っているなめし革の肘当て膝当てなどはとても上手に縫う。不得手なのは、襟や袖口のカットワークや表に出るような飾りステッチ、刺繍などで、意匠化された細かな作業が不得手のようだった。

「ヘキのお針は上達しましたか？」

「頑張っているわ」

「サリーディア様のお手はすばらしいですから、そこまでは到達しないでしょうが…」

「ありがとう、ジェイムズ。私はまだまだよ」

そうなのでございますか？　とジェイムズは驚いた顔をした。

「王都の職人でも、ここまで見事なものを作れる者はおりません」

刺繍にはいくつもの刺し方があり、色糸で絵を描くように刺すもの、これはサリーディアの母が一番得意とする刺繍だったが、他にも、リボンを使ったり、刺繍で細かく縁取った場所の中の糸を抜いて格子状の抜きを作ったりと、様々な種類がある。

「私のお母様はもっとすばらしかったの」

あの母の手にまで到達できるだろうか。

「サリーディア様のお手も、同じようにすばらしゅうございます」

ジェイムズは断言する。

「お母様の作品を見たら、そんなこと言えなくなってしまうと思うけど、でも、嬉しいわ」

精密な針運びを必要とする刺繍は根気が必要だ。ヘキも根気はあるのだが、刺していくと歪んで生地が引きつれてしまう。力を入れすぎるのだ。指摘すると今度は抜きすぎる。直してばかりいると糸も生地も弱ってきてしまい、さらに刺しにくくなる。

一生懸命な分、上手くいかないとヘキはしょんぼりしてしまう。

なので、気分を変えるために、刺してみたい絵柄を考えてみましょうか、と図案を描かせてみた。するとヘキはすばらしい色遣いの美しい幾何学《きかがく》模様の図案や、花や蝶や鳥の絵を描いた。

「ヘキが描いてくれた刺繍の図案があるの。それがとてもすばらしかったから、今日はそれを刺してみようかしら」

「ヘキが絵を」

庭に咲くバラをそのまま写し取ったような絵に、ジェイムズは感嘆の声をあげた。

「とても上手でしょう？」

目を細めて絵を眺める姿は、まるで自分の孫が描いた絵を見ている祖父のようで、サリーディアは微笑ましく思った。

そこへ、階下でベルが鳴った。別邸に来て初めて聞く音だ。

「なんの音？」

「来客の合図です」

使用人がベルを鳴らしてジェイムズを呼んでいるのだ。

「珍しいことがあるものです」

客などめったに来ない別邸だ。いったいどなたが、と訝《いぶか》しげな顔でサリーディアの部屋を出ていった。

　しばらくして、ジェイムズが非常に緊張した顔で戻ってきた。

「ミルドレン伯爵夫人がおいでになりました」

「ええっ！　お義母様が！」

　サリーディアは絶句した。

「はい、サリーディア様に手紙で招待されたとおっしゃっているのですが、先日お出しになったお手紙でしょうか？」

「確かに手紙を出しました。でも、招待などしていません。私にはその権限がありませんから。招待するならばヴィンセント様に許可をいただきますし、ジェイムズ、あなたにもきちんと話をしてお願いするわ」

　招待どころか会いたくもないのだ。

「ご子息とご息女もご一緒でして」

「お義兄様とモンテロナまで」

「いかがいたしましょう。居間でくつろいでいただいておりますが……」

「王都に行く途中に寄ったのかしら」

「そうではないようです。しばらく滞在するとおっしゃっておられます」

　馬車に満載してあった荷物をすべて降ろすよう、別邸の使用人に命令していたのだという。

「なんてこと」

手紙を出したことが仇《あだ》となったのだろうか。

「お帰りいただくように、私からお伝えいたしますか？」

サリーディアのミルドレン伯爵家での暮らしぶりや、ミルドレン伯爵夫人を名乗るハンドラがどんな人間なのか、ジェイムズはヴィンセントから聞いていたのかもしれないし、長きにわたり、ホズウェル侯爵家の本邸で執事を務めてきたジェイムズは、少し言葉を交わしただけで、どんな人間か理解したのかもしれない。

「帰ってもらいたいのは山々ですが…、それではホズウェル侯爵家の名を貶《おとし》めることになってしまいます」

貴族間では、突然来訪した場合でも招き入れ、もてなさなければならないのが習わしになっている。

地方から王都に出ていくのはかなり物入りだ。宿代、食事代を少しでも浮かすために、街道近くの貴族の邸に泊まらせてもらったりすることがある。泊めてくれと頼まれる邸の持ち主には迷惑な話だが、断れば、あの家は貧乏だ、と噂になるから嫌とも言えない。

あまりに頻繁に泊まり客が来るため、それを苦にして街道沿いから引っ越ししてしまう貴族もいるほどだ。

ハンドラたちを追い返せば、ホズウェル侯爵家はしみったれだ、とハンドラは言いふらすだろう。

貴族の中には噂を気にして見栄を張り、借金をしてまで客をもてなす家もある。身の丈に合わないことを繰り返し、借金がかさんでどうしようもなくなり、爵位を売ったり返上したりして離散してしまう家もあるのだ。

サリーディアの母の実家が貧乏だったのはこのためだ。

「ヴィンセント様がいらっしゃらない時に……。とにかく義母に会います」

サリーディアは急ぎ居間へと向かった。

居間では、ハンドラとモンテロナが飾り棚に置かれていた置物を手にして、二人でこそこそとしゃべっていた。ダミアンはソファーにふんぞり返って座っている。

「お義母様！」

サリーディアが入っていくと、ハンドラたちは置物をさり気なく置き直し、振り返って満面の笑みを浮かべた。

「まあ、サリーディア、元気そうね。こちらでの暮らしはどうなの？　あなたから手紙をもらって、矢も楯もたまらなくなって来てしまったわ」

馬車に乗って旅してきたはずなのに、ハンドラは相変わらず華美なドレスと、首や手に宝飾類をたくさんつけていた。

「突然のお越しに驚いています。何か急ぎのご用がおありだったのですか？　お手紙をくだされればよかったのに」

サリーディアは努めて冷静に話した。

「かわいい娘の顔が見たかったのよ。元気にしているのか心配だったし、手紙ではわからないではありませんか」

大袈裟《おおげさ》な身振りで話すハンドラに、サリーディアは呆れた。

「こちらに来てまだ一ヵ月しか経っておりませんが…」

「ダミアンもモンテロナもあなたに会いたいとうるさくて」

「お義姉様と離れて暮らすようになって、私とても寂しくて…。こうしてお母様と一緒に来てしまいました。こちらでの暮らしはいかがですか？」

モンテロナは姉を慕う妹のようなことまで言う。

あのモンテロナが、だ。

サリーディアはぽっかりと口が開きそうになってしまった。

「お義姉様、こちらはホズウェル侯爵家の別邸だと聞きましたが、なんて素晴らしいお邸でしょう。お義姉さまが羨ましい」

「そう…、ありがとう、モンテロナ」

サリーディアが微笑みかけると、モンテロナは一瞬、顔を醜く歪ませた。きれいな言葉を並べていても、所詮、上っ面だけのようだ。

変わっていないわ。いつものモンテロナね。

しかし、サリーディアは変わった。ヘキや使用人たちに美しく磨かれ、普段着とはいえ上等な生地で仕立てられたものを身につけている。ミルドレン伯爵家にいた頃の継ぎ接ぎとバカにされていた姿とは、雲泥の差だ。

恐ろしいという噂の異相の侯爵に買われていったはずなのに、サリーディアはちっとも不幸には見えないから、モンテロナは腸《はらわた》が煮えくり返っているのだろう。

使用人がお茶と菓子を運んできた。

モンテロナは菓子に気持ちが向いてサリーディアに興味をなくしたのか、ソファーに座って菓子を食べ始めた。

そして、ダミアンは、というと…。

ここ一番という笑顔を浮かべてサリーディアを見ていた。かわいい妹の元気な姿を見て、嬉しくてたまらない兄、というような表情だ。

その姿にサリーディアは舌を巻いた。

ダミアンは大嫌いだが、ここまで来ると、あっぱれ、としか言いようがない。

ミルドレン伯爵家の内情を知らない他人が見たら、家族から離れたサリーディアを心配する母と兄妹に見えるだろう。

旅役者にでもなればいいのに。

そんなことを考えられる自分に、サリーディアはちょっぴり驚いた。アッシュしか味方がいなかったミルドレンの邸と比べると、ジェイムズや他の使用人たちが味方についてくれるとわかっているので、心に余裕があるのだ。

「ところで、ホズウェル侯爵様は？　こちらにいらっしゃるのではないの？」

執務室にこもって仕事をしていると嘘《うそ》もつけない。

「国王陛下からのお呼び出しがあり、ヴィンセント様は王都に向かわれました」

「まぁ、そうなの。お帰りはいつなのかしらねぇ。お会いしたいわ」

「存じません」

「ホズウェル侯爵様にお願いしようと思っていることがあるのよ。お帰りになるまで、こちらでご厄介になるわ」

言うだろうと思ったら、案の定だ。

「お義母様、ここは別邸ですから、お客様をお迎えできる邸ではございません」

なんとか帰ってもらわないと…。

「別邸でもかまわないのよ。こんなに立派なお邸ですもの。部屋だってあるでしょう？　使用人もそれなりの人数がいるようじゃないの。私たちはかまいませんよ」

なんて自分勝手な！

「本邸とは違います。主が不在の折ですので、至らないこともあるでしょうし…」

こんな言い方しかできないなんて…。

サリーディアは使用人たちに申し訳なく思った。本邸を引退して別邸に来た者ばかりだ。皆、客の接待に慣れた熟練者なのだ。

「ホズウェル侯爵様がいらっしゃらないのなら、今はあなたがここの主でしょう」

「それは…」

サリーディアは口ごもった。

「長旅で疲れているのよ。少し休ませてほしいわ。そのくらいの気遣いもないの？　それとも…、ホズウェル侯爵家では、せっかく訪ねてきた客を追い返すのかしら？」

ホズウェル侯爵家の名を出されると、サリーディアにはどうしようもなかった。

「サリーディア様、申し訳ございません。つまらぬ用事に手間取っておりまして。皆様のお部屋は、右翼の一階でよろしゅうございますか？」

「ジェイムズ…」

ジェイムズが小さく頷く。主のように振る舞えと促しているのだ。

「そうね、それでお願いするわ」

サリーディアはジェイムズの意図を汲んで答えた。

「かしこまりました。サリーディア様、夕食のご相談をしたいのでおいで願えますか？」

「今行きます。お義母様、お義兄様、モンテロナ、用意が整うまで、こちらでしばらくお待ちください」

居間から出ると、溜息が零れた。

「助かったわ、ジェイムズ。でも、困ったことになってしまった」

「サリーディア様、大丈夫でございますよ」

「はっきり言ってしまうけど、とても我儘なのよ。ジェイムズや皆に迷惑をかけることになってしまう」

「お気になさることはございません。私たちはそれが仕事でございますし、皆、よくわかっております」

ジェイムズは慰めてくれたが、ハンドラに押しきられてしまった自分の弱さが、サリーディアは腹立たしくて仕方がなかった。

波風を立てないように、とミルドレンの邸で小さくなって暮らしていたのがいけなかったのだろう。沁《し》みついてしまっているのだ。

さらに重大な問題があった。

「もうひとつ…。恥ずかしいことだけど、ミルドレン伯爵家は困窮しているの。だから、小振りな調度品や装飾品を持って帰ろうとするのではないか、と…」

話を聞いたジェイムズは、お気になさいますな、と言った。

「調度品や装飾品がひとつふたつなくなったと申し上げても、ヴィンセント様は何もおっしやいますまい。ヴィンセント様がいらっしゃらない現在、別邸の主はサリーディア様です。お気を強くお持ちになってください」

「ありがとう。ヴィンセント様が戻っていらっしゃるまで、できる限りのことをします」

そう宣言したものの、サリーディアは一日千秋という言葉の重みを、身をもって知ることになる。


初日はおとなしくしていたが、翌日にはハンドラとモンテロナの我儘が始まった。

ドレスの皺に鏝《こて》を当てなさい。

菓子は三種類以上食べたい。

夕食には上等な葡萄酒《ぶどうしゅ》を出して。

大したことではございませんよ、とジェイムズたちはテキパキと対応してくれるが、部屋を二階に替えろという要求を撥《は》ねつけるだけで、サリーディアはかなりの体力を消耗してしまった。

こちらはおまかせください、とジェイムズに勧められ、サリーディアは逃げ出すように邸の外に出た。

ハンドラたちは豪奢な馬車でやってきていた。

ミルドレン伯爵家にはあんな立派な馬車はなかったから、ヴィンセントが支払った金で買ったのか、借りたのか……。

見目のいい御者を雇っているのは、見栄っ張りなハンドラらしい。

「お義母様たちはどこへ行っても自分を変えないのね」

だが、ハンドラとモンテロナはわかりやすい人間だ。自分の欲望に忠実で、ひたすら突き進んでいく。

不気味なのはダミアンだった。笑顔を振りまく貴公子を演じ続けて、サリーディアに絡んでもこない。縦のものを横にもしないあのダミアンが、使用人に愛想を言ったり、花を生けた花瓶を運ぶのを手伝ったりしているのだ。

「よからぬことを考えているんじゃないかしら……」

思案しながら庭を歩いていると、小石を踏みしめる音が背後から聞こえた。ガーデナーかしらと振り返ると、にやにや笑うダミアンが近づいてくる。

「少し肉づきがよくなったようだな。ホズウェル侯爵に毎晩かわいがられているのか？」

「なっ！」

口を開けばやはりダミアンだ。下卑《げび》たことを言われて顔が赤らみそうになる。

ダメよ、お義兄様に振り回されては。

それが何か？　と平静を装って答えた。

「その割には色気が足りないようだ。侯爵は身体が大きいが、あれ、はどうなんだ？」

「あれ、とは？　はっきりおっしゃったらどうですか」

サリーディアは澄まし顔で言った。

「母上が言っていたぞ」

侯爵は…、と言いかけてダミアンは、くくく、とひとしきり笑い、かなり早いそうじゃないか、とサリーディアの顔を覗き込む。

早漏だと言いたいのだ。

ヴィンセントが言った『早漏』という言葉の意味がわからなかったサリーディアは、別邸に来てからこっそり図書室で調べた。

性交で男性が早く達してしまう意味だと知った時、サリーディアはぱちぱちと瞬《まばた》きし、きょとんとした顔でしばらく辞書を覗き込んでいた。そして、なんだかおかしくなって噴き出すと、しばらくひとりで笑ってしまったのだ。

サリーディアがヴィンセントを求め続けたあの夜、絶頂を幾度も迎えたサリーディアはそれでも足りなくて、ヴィンセントの昂りを己の身体の中に引き止め続けた。

ヴィンセントはサリーディアの求めに応じ続け、分身は常に、熱く滾《たぎ》っていた。太く、硬く、身体の奥の奥にまで届くほどの大きさで、サリーディアを恍惚の世界へと誘《いざな》ってくれたのだ。

媚薬の効果が薄れるまでの、長い、長い間。

「お前、侯爵のあれでは物足りないんだろ？」

口を閉ざしたままのサリーディアに、何を勘違いしたのかダミアンは奇妙なことを言いだした。

俺ならお前を満足させてやれる、と。

「侯爵はしばらく戻ってこないのだろう？　なら、時間はたっぷりある。なぁ、二人きりになれるところはないのか？　そこでさ…」

したり顔をしたダミアンに、笑いが込み上げてくる。

「お義母様の言葉を真に受けたのですね」

サリーディアはくすくす笑った。

「違うというのか？」

嘘はつかないが、本当のことを話すつもりもない。

あの夜あったことは、ヴィンセントと二人だけの真実なのだ。

「お話はお済みですか？　私は邸に戻ります」

「待て！」

ダミアンが後ろからサリーディアの二の腕を掴んだ。

「くっ！」

腕がねじ切られるような痛みに、サリーディアは顔をしかめた。

「俺がどのくらいすごいのか、お前にわからせてやる」

邸から離れた場所に、力ずくでサリーディアを引きずっていこうとする。

「結構です！　知りたくもないし、私に触れていいのはヴィンセント様だけです！」

サリーディアは肩越しにダミアンを見た。

ミルドレンの邸にいた時は、ダミアンが怖くて仕方がなかったけれど、今はそれほど怖いと思わなかった。

毅然《きぜん》とした態度のサリーディアに威圧されたのか、ダミアンは足を止めた。少し離れた場所を歩くガーデナーの姿が見えたのもあって、二の腕を摑んでいた手を離す。

「お義兄様、お義母様たちとミルドレンの邸にお帰りください」

ダミアンは怪しく目を光らせてサリーディアを見た。

「俺はお前を諦めないぞ。必ず俺のものにしてやる！　お前はひいひい泣いて俺に許しを乞うんだ。その時が楽しみだ！」

傍に咲いていた花を毟《むし》り取って投げ捨て、ダミアンは庭の奥へと去っていく。去り際のダミアンの目つきに、サリーディアは背筋が寒くなった。

品定めするような、ねっとりと絡みつく視線。

「あの目は…」

まるで、コドリー男爵が乗り移ったようだった。

サリーディアは無残にちぎられた花を不憫《ふびん》に思い、拾って祈るように両手で包み込んだ。

「ごめんなさい。美しく咲いていたのに…」

自室に戻ったサリーディアは、袖を捲くり上げて傷む腕を見た。二の腕にはダミアンの指の痕《あと》がくっきりと残っていた。ダミアンの妄執が刻まれたように思え、サリーディアは二の腕を擦《さす》った。痣《あざ》になってしばらく残りそうだ。

「ヘキに見られたら、なんて言い訳しようかしら…」

溜息をつくと、階下でアッシュが激しく吠えた。何かが割れる音も重なる。

「アッシュ！」

何が起こったのか、とサリーディアは慌てて一階へと駆け下りた。居間に駆け込むと、額から血を流したヘキが、茫然と立っていた。

「ヘキ！」

アッシュはサリーディアとヘキの周りを忙《せわ》しなく歩く。足元には、二つに割れたカップが落ちていた。

「アッシュ、足に怪我をしてしまうわ。落ち着いて」

ジェイムズが飛んできた。

「ヘキが怪我をしたの！　早く手当てを！」

ジェイムズのチーフをヘキの額に当てると、血が滲んでいく。

「サリーディア！　どうしてこんな下賤《げせん》な者がいるの！」

モンテロナがヘキを指差して言った。アッシュが再び激しく吠える。

「目障りな犬を連れていってちょうだい。うるさくてかなわない」

ソファーにふんぞり返っているハンドラは、煩わしそうに扇《おうぎ》を振る。

カッとなったサリーディアは、誰がやったのか問いただそうとした。けれど…。

「こちらを片づけますので、ハンドラ様、モンテロナ様、お部屋にお戻りください。お茶はお部屋にお運びします」

と、ジェイムズはハンドラたちを部屋へと促す。

「ジェイムズ！」

サリーディアは納得できなかった。

「あらそう。モンテロナ、行きましょう」

出ていく二人にアッシュが飛びかかろうとする。

「アッシュ！　ダメよ！」

我慢して、とアッシュを押さえ込む。

「犬を邸に入れるなんて、ホズウェル侯爵様もお心が広いこと」

いっそ二人の喉笛に噛みついてほしいと思ったが、二人が怪我をしようものなら、ヴィンセントに多大な迷惑がかかる。

二人の姿が見えなくなるまで、アッシュは吠え続けた。

別邸内は騒然となった。使用人たちが孫のようにかわいがっているヘキが怪我をしたのだ。大した怪我ではないと聞かされても、サリーディアの怒りは治まらなかった。自分自身の不甲斐《ふがい》なさに、腹が立ってどうしようもなかったのだ。

「私のせいだわ。ごめんなさいヘキ。ごめんなさい。女の子なのに、顔に傷が…」

「頭に怪我をすると、小さな傷でもたくさん血が出るって薬師のおばば様が言ってました。それに、私は身体中にあちこち傷があるから平気です。あれくらい避けられるのに、びっくりしてしまって…。まさかあの方がいらっしゃるとは思わなかったので」

ミルドレン伯爵家で、ヘキはハンドラから傍に近寄るなと罵声《ばせい》を浴びたのだ。

「それに…」

「他にも何かあったの？　お願い、話してちょうだい」

「ミルドレン伯爵家でサリーディア様の荷物をまとめて運んでいる時…」

口ひげの男に捕まりそうになったのだという。

「コドリー男爵！」

見てごらん。毛色の変わった娘だ。あれはとても珍しい。どんな声で囀《さえず》るのだろう。私のコレクションに加えて楽しみたい。

そう言って、もうひとりの男と一緒に、逃げようとするヘキを追い詰めようとしたのだという。ヘキは話しながらその時の恐怖を思い出したのか、硬い表情になった。

ちょうどエドワードがヘキを呼びに来たので、二人は諦め、何食わぬ顔で去っていったらしい。

「二人とも、なんだか気味が悪くて。そのひとりが窓の外に見えたので、びっくりして身体が動かなくなってしまったんです」

サリーディアは血の気が引く思いでいた。

「…お義兄様だわ。そのもうひとりの男は、きっと私の義兄よ。ヘキ、私はあなたにどう謝っていいのか…」

「サリーディア様が私にどうして謝るのですか？　サリーディア様は何も悪いことをしていないし、もう済んだことです。私のことよりアッシュが心配なのです。あんなに吠えたのは初めてで」

アッシュは今でも興奮状態だ。サリーディアの部屋に閉じ込めている。

「叱られますか？　私を守ろうとしてくれたんです」

「叱るなんて。よくやったと褒めてあげるわ。ミルドレンの邸では、いつも私を守ってくれた。アッシュは私の守り神なの」

「私のことも守ってくれました」

ヘキを寝かしつけたサリーディアは急いでガーデナーのところへ行き、一族の子供たちにしばらく庭に来ないよう伝えてくれと頼んだ。ハンドラやモンテロナが子供たちを見たら、彼らに何をするかわかったものではないからだ。

「ヘキとお義兄様も会わせないようにしなければ」

使用人たちの前ではおとなしくしているダミアンも、ハンドラやモンテロナと同じような人間だ。気に入らないことがあれば、すぐに化けの皮が剝がれるだろう。激高したら、持っている剣を振り回しかねない。

別邸に二人残っていた兵士は、ヴィンセントへの連絡係として送り出してしまった。顔を出していた事務方の人間も、ヴィンセントが王都に行くのと一緒に本邸に戻ったので、現在別邸にいる男手は、ジェイムズとガーデナー、馬丁の三人。馬丁は元兵士だというが、齢を重ねた者ばかりだ。

自分が罪深いから、周りにいる善良な人々が犠牲になってしまうのではないか。

「私は疫病神なのだわ」

母が早く亡くなったのは、自分を産んだせいだ。元々身体が弱かったのに、自分を産んでからはさらに弱くなった。母がいれば、ミルドレン伯爵家にハンドラたちが来ることはなく、今回の一連の事件も起こらなかっただろう。

「ラゴ様は私を一生許さないでしょう。それに…ヴィンセント様は…」

無表情に見下ろしてくるヴィンセントの顔が浮かんだ。

感情の揺れもなく、ただ、じっとサリーディアを金赤色の瞳で見ている。

その閉じた口が開いた。

出ていけ、と。

サリーディアはがばっと跳ね起きた。考え込んでいたら、いつの間にか寝ていたらしい。

溜息をつき、頭を振ってヴィンセントの姿を消し去る。

ヴィンセントが戻ってきたら、ミルドレン伯爵家に帰れと言われるかもしれない。

「あの方にとって、私は取るに足らない人間ですもの」

自ら発した言葉が、サリーディアの心を傷つける。

ミルドレンの邸に戻るつもりでハンドラに手紙を書いたものの、ここを離れることが現実になるかもしれないと思うと、胸が潰れそうになるくらいに辛い。

慕ってくれるヘキやジェイムズたち、この別邸から離れたくないのか。それとも…。

ヴィンセントの傍を離れたくないのか…。

「もう必要ない、と言われたら、別邸を出ていくしかないじゃない」

サリーディアにはわからなくなっていた。

専用の侍女を二人つけなさい。

風呂の湯にはバラの花びらを浮かべるように。

爪《つめ》を磨いたらマッサージをしろ。

ハンドラたちの要求は増すばかりだった。

部屋に設けてある呼び出し用の紐を、二人はひっきりなしに引っ張って、別邸の使用人を呼びつける。

自分のことは自分でこなし、掃除の手伝いまでしようとしたサリーディアとハンドラたちとの違いに、使用人たちは口にしないものの困惑し、苦慮しているようだった。

サリーディアはヘキを表立った場所に出さないようにして、台所など使用人棟で仕事をするように言い含めた。ヘキはサリーディアの傍を離れるのを嫌がったが、これ以上ヘキを傷つけたくなかったのだ。

ダミアンのことがある。

善良な貴公子を演じていても、ダミアンはやっぱりダミアンだった。変わっていないどころか、さらに邪悪になっているような気がする。

若い使用人の娘に手をつけることを、サリーディアはジェイムズに言えなかった。これ以上ミルドレン伯爵家の名前を汚したくなかったのだ。

別邸にいる若い使用人はヘキだけだ。狙《ねら》われるのはわかりきっている。我が身がどうなろうとも、ヘキだけは守らなければならない。

ヘキにはアッシュをつけていた。

アッシュもハンドラたちの存在を忌々しく思っているようで、姿を見つけると唸り声をあげている。別邸に来てから覇気がなくなっていたアッシュだったが、喜ばしいことに、今は以前の潑剌《はつらつ》としたアッシュに戻っていた。

アッシュとは対照的に、サリーディアは溜息ばかりついていた。ガーデナーが丹精込めた美しい花々を見ても、心に沁みてこない。

「朝が来るのがこんなに憂鬱だなんて」

目が覚めて、朝が来てしまったと溜息をつく。一日がとてつもなく長く感じられる。別邸に来てからはなかったことだ。

ハンドラたちの高飛車な態度は傲慢《ごうまん》へと変わり、招かれざる客なのに、自分が別邸の主のように振る舞っている。サリーディアが何を言っても聞く耳を持たない。

心が疲弊すると身体も疲れてくるものだ。甲高いハンドラの声を聞くだけで、食欲もなくなる。というよりも、ハンドラたちが来てから精神的に参っていたサリーディアは、胃の辺りがしくしく痛んであまり食べられなくなっていた。

心配したヘキが、一族の薬師、おばば様に薬を分けてもらいに行くと、アッシュとともにさっき出掛けていった。

疲れているのに眠りは浅く、風で窓や扉が軋んだだけで、飛び起きてしまう。

自室の扉も錠前も頑丈でおいそれとは開けられないけれど、ダミアンが入ってくるのではないか、今そこに立っているのではないか、と怖くて眠れないのだ。

会いたくないからといって、ミルドレン伯爵家にいた時のようにどこかに隠れているわけにもいかない。我が身よりも無理難題を押しつけられる使用人たちのことが気にかかる。

ヴィンセントが不在だからこそ、自分が皆を守らなければならない。

気を張り続け、サリーディアは疲れ果てていた。そして、傲慢なハンドラたちへの憤りでいっぱいになっていた。

「きゃーっ！　いやーっ！」

庭から聞こえる悲鳴に、サリーディアは何事かと立ち上がった。

「あれはモンテロナ」

庭に行くと言って出ていったハンドラとモンテロナの甲高い叫び声が響き渡る。

意味不明な叫び声のするほうに向かって、サリーディアは庭の小道を小石に足を取られそうになりながら走った。

「嫌だ、お母様、なんとかしてよぉーっ！」

「どうしてこのような者たちが入り込んでいるのです！　あっちへ行きなさい！」

イチイの生け垣を曲がると、モンテロナが地団駄を踏んでいた。足元にはラゴの一族の子供三人が、小道にしゃがみ込んで小さくなって震えている。

「あっちへ行け！　このっ！」

モンテロナが近くに生えている若木に添えてあった棒を引き抜き、子供たちに向かって振りかぶる。

「やめてっ！」

サリーディアはモンテロナを突き飛ばし、子供たちを後ろ手に庇《かば》った。子供たちがサリーディアの背中にしがみつく。

「何をするの、モンテロナ！」

突き飛ばされて転んだモンテロナは憤怒の形相になった。

「サリーディア、あんた、私に向かって」

モンテロナは転んだ体勢のまま、持っていた棒でサリーディアを二度三度と打ちすえた。

「…っ！　くっ！」

右足に激痛が走った。しかし、サリーディアは子供たちを庇って退かなかった。

騒ぎを聞きつけて中庭の奥から走ってきたガーデナーが、モンテロナから棒を奪う。

「返せ！　使用人の分際で刃向うつもり！」

ジェイムズと数人の使用人が駆けつけてくる。

「おやめください！」

ジェイムズが止めに入った。

「私のドレスに触った！　こいつらが私に抱きついてきたのよっ！」

モンテロナが喚《わめ》いた。

「とんでもないことだわ。ホズウェル侯爵家の別邸に入り込んでくるなんて。早く追い出しなさい！」

ハンドラがジェイムズに命令する。

「お気に入りのドレスだったのに、もう着られないわ、お母様」

モンテロナは不貞腐れた顔でハンドラに訴えている。

「ええ、すぐに着替えてそれは捨ててしまいなさい。また新しいドレスを作ってあげます。それにしても、どうなっているのですか、サリーディア！　ここではゆっくり庭も散歩できないの？」

サリーディアは怒りで言葉が出なかった。

「こんな不逞《ふてい》の輩《やから》が入り込んでくるなんて、恐ろしいことだわ。なんとかお言いなさい」

子供たちをガーデナーに託すと、サリーディアは立ち上がった。打たれた足が痛んだけれど、それを覆い尽くすほど、怒りが増していた。

「不逞の輩とは、どういう意味ですか？　誰のことですか？」

「その子供に決まっているでしょ」

「子供たちが不逞の輩ですって？」

怒りが頂点に達して、サリーディアは声を出して笑った。

「何がおかしいの、サリーディア」

愉快そうに笑っているサリーディアを、ハンドラとモンテロナは怪訝な顔で見ている。ジェイムズたちも、サリーディアはいったいどうしたのだ、という顔だ。

「ああ、ごめんなさい。あまりにおかしかったものですから、我慢できなくて。お義母様、間違っています。不逞の輩はあなたたちです！」

サリーディアはハンドラとモンテロナに向かって指を差した。

「なんですって！」

「バカじゃないの、サリーディア。あんた何言っ……」

「お黙りなさい！」

文句を言い始めたモンテロナを一喝すると、モンテロナはぽかんとしたまぬけ顔になった。いつも従順だったサリーディアが、まさか、自分に向かって怒鳴るとは思わなかったのだろう。

「この子たちはホズウェル侯爵家の大切な領民です。侯爵家の保護を受け、ヴィンセント様から別邸に来ることを特別に許された者たちです。けれど、あなたたちは違う。あなたたちこそ不逞の輩です！」

「サリーディア！　母に対してなんという言い草を」

「はっきり言います。あなたは私のお母様ではありません！　私の母は亡くなったあの母だけ。モンテロナは妹でもなんでもないし、ダミアンも兄じゃない！　皆、赤の他人よ！」

溜まっていた鬱憤を吐き出すように、サリーディアは叫んだ。

これでミルドレン伯爵家との繋がりを断ち切ることになっても、二度とあの邸に帰れなくなってもかまわないと思った。

お母様は賛成してくださるわよね。

母の優しい笑顔が浮かんだ。

お父様は、どうかしら。許してくださるかしら…。でも、決めたの。

「早々にお帰りください。そして、二度とお越しにならぬよう！」

サリーディアは別邸に向かって痛む足を踏み出した。

「待ちなさいよ、私たちは帰らないわよ！　あんた、ここの主でもなんでもないじゃない。そんな命令できる立場だと思ってるの？」

モンテロナが顎を上げて見下すように言った。

「ヴィンセント様が不在の間、私がこの邸の主です」

サリーディアは足を止め、毅然とした態度で言い切った。

「あら、では、ハイデルガの中洲はどうするつもり？」

ハンドラは斜に構え、ちらりとサリーディアに視線を送る。

返す気になって別邸に来たのだろうか、とサリーディアは内心動揺した。お願いしたいことというのも、そのことだったのではないか、と。

でも、それでお義母様たちを許してしまったら、私はあの子供たちになんて説明すればいいの？

ハイデルガの中洲の返却を望んでいるのはラゴの一族だったが、今となってはサリーディアが一番返してほしいと願っていた。

ラゴの一族に恨まれたくない、ヘキに嫌われたくない、という思いがあるからだ。

恨まれても当然なのよ、サリーディア。一族の怒りを甘んじて受けなければならないのに、私はいい人になりたくて、皆から嫌われたくなくて、逃げてばかりだった。ここ、ホズウェル侯爵家の別邸でも、ミルドレンの邸でも……。

もう逃げないわ、とサリーディアは思った。

それに、ヴィンセント様はラゴ様一族のことを考えているとおっしゃっていたじゃない。信じよう。ジェイムズたちのように、私もヴィンセント様を信じなければ。

「あの手紙のことは忘れてください」

「返してほしかったのではなかったの？」

ハイデルガの件を切り札だと思っていたのだろう。ハンドラは焦ったように言い募った。

「もう結構です」

「なっ…、サリーディア！」

サリーディアはジェイムズを呼んだ。

「はい、サリーディア様」

ジェイムズは、恭しく頭を下げた。

「お客様のお帰りです。速やかに荷造りを！」

「かしこまりました」

ジェイムズは頷くと、すぐさま傍にいた使用人たちに指示を出した。使用人が別邸に向かって走っていく。これから皆で一斉に荷造りを始めるだろう。

「お母様、ミルドレンの邸には帰りたくない。もうしばらくここにいたいわ」

「サリーディア、待ちなさい！　待ってちょうだい。ねえ、話をしましょう」

我儘を言うモンテロナとともにハンドラが追ってきたが、サリーディアは無視し、足早に別邸へと向かった。とても興奮していたからか、足はちっとも痛くなかった。

ハンドラたちは大量の荷物を持ち込んでいたが、使用人たちはあっという間に荷造りを済ませて馬車に積み込んだ。神業的な早さだった。

「この時間からだと、日が落ちるまでに宿に着かないわ。夜盗が出るかもしれないし、出発は明日の朝でもいいじゃない」

もう一泊させてくれと頼んできたが、サリーディアは頑として断った。ハンドラは、恩知らず！　と憎々しげに言ったものの、気が変わらないサリーディアに諦めたようだ。

ダミアンは我関せずの体だった。荷物が積まれるのを、他人事のように眺めていた。サリーディアと目が合うと、意味深な笑みを浮かべたが、あっさりと馬車に乗り込む。

最後の最後までモンテロナは帰りたくないとゴネ続けた。あまりにしつこいので怒ったハンドラが頬を平手打ちして言いきかせるほどだった。

ハンドラがモンテロナに手を上げたのを、サリーディアは初めて見た。親子というよりは双子のようだったから、口喧嘩《くちげんか》すら見たことがなかったのだ。サリーディアへの怒りが収まっていなかったのだろう。モンテロナにはとばっちりだ。

馬車が走りだすとモンテロナは窓から身を乗り出し、サリーディアに聞くに堪《た》えない悪態をついた。

「二度とお会いすることはないでしょう。ご機嫌よう」

サリーディアは拳を握り、緊張したまま邸の前で仁王立ちしていた。馬車が戻ってくるのではないかと心配で、姿が見えなくなるまで動きたくなかった。

ハンドラたちと言い争ったからか、心臓がどくどくと音を立てていた。

「サリーディア様！」

馬車が走り去った反対のほうを向いて、ジェイムズが叫んだ。

大きな声に振り返ると、街道を疾走する漆黒の一騎が目に飛び込んできた。遠くにいるそれは、ものすごい勢いで飛ぶように別邸へと近づいてくる。

「あれは…」

「ヴィンセント様です！　あれはあの方の軍服です」

出立した時とはまったく違う姿だが、ジェイムズが言うのだから間違いないのだ。

「お戻りになられました！」

ジェイムズの言葉に、うん、と頷くだけで、声が出なかった。

黒い軍服に、たなびく黒いマント。胸元できらきらと輝いているのは、ホズウェル侯爵家の銀色の紋章だろう。黒駒《くろこま》の動きに合わせて跳ねているのは、紋章と同じ銀色の飾緒《しょくしょ》だ。

日の光を浴びた灰色の短髪が、銀冠のように輝いている。

サリーディアにもヴィンセントだとはっきりわかった。

ああ、ヴィンセント様。

ハンドラたちを追い返した興奮が冷めやらぬまま、今度は待ち望んでいたヴィンセントの帰還に、サリーディアの握った拳はさらに固くなった。

みるみる近づいてくるヴィンセントの姿を、サリーディアはひたすら見つめていた。

ヴィンセントは馬脚を緩めることなく別邸の前まで走ってくると、手綱を引いて馬の速度を緩めて馬から飛び降りた。馬は勢いを落としたものの、足を止めることなくそのまま庭へと進んでいく。その後を、馬丁が慌てて追いかけていく。

使用人たちがヴィンセントに、お帰りなさいませ！　と一斉に声をかけた。

ヴィンセントがサリーディアを見た。激しい息遣いで、顔中に汗が浮かんでいる。

「ヴィンセント様…」

感情の渦が、サリーディアの身体の中を駆け巡っていた。

待ち望んでいた姿が目の前にあった。初めて見る紋章付きの正装軍服姿だ。国王の御前を辞して戻ってきたのかもしれない。

サリーディアはヴィンセントに向かって走りだす。足の痛みなど感じもしなかった。

そして、その胸に飛び込むと号泣した。

ハンドラたちを追い返す緊張も、恐怖も、ここ数日間の苛立ちや焦燥も、ヴィンセントの腕の中で、すーっと消えていく。

「サリーディア…」

ヴィンセントが戸惑ったように呼びかける。

「私は汚れている。離れなさい」

馬で走り通しだったのだろう、砂塵《さじん》まみれ、汗まみれだった。

ヴィンセントの心臓は早鐘を打っていて、頬を寄せた軍服は湿っていた。全身からむわっと熱が放たれている。

けれど、サリーディアはいやいやするように頭を振って、さらにしがみついた。離れたくなかったのだ。

ヴィンセント様が戻ってこられた。戻ってこられた！

今ここにヴィンセントがいる。それだけで、涙が止まらなくなる。

ヴィンセントは困った顔をしながらも、サリーディアの身体を無理に引き剝がすことはしなかった。

「お戻りなさいませ」

ジェイムズがヴィンセントの背中に回ってマントを外す。

「ミルドレン現伯爵夫人たちは？」

ヴィンセントはサリーディアをそのままに、ジェイムズに問うた。

「たった今お帰りになられました」

「そうか。帰ったか」

「サリーディア様を褒めて差し上げてくださいまし。ヴィンセント様ご不在の間、別邸の主としてお力を尽くされました。ご立派な態度で接し、ミルドレン現伯爵夫人にお帰りいただいたのです」

ジェイムズは侯爵と同じように、現伯爵夫人と呼んだ。

「サリーディア」

ヴィンセントの手がサリーディアの髪に触れた。

サリーディアがはっとして顔を上げると、ヴィンセントの鼻先から滴った汗が、額にぽたりと落ちた。

「あっ」

「すまない」

「いいえ」

あの夜のよう。

ミルドレンの邸で抱かれた時も、ヴィンセントから汗が滴ってきた。それを思い出したサリーディアは、かあっと顔が赤くなった。人前で子供のように泣いてしまったのも恥ずかしかった。

ヴィンセントは自分の汗を拭いもせず、ジェイムズから受け取ったチーフでサリーディアの額を拭い、涙を拭い、優しいまなざしで見下ろした。

「ヴィンセント様、私…」

「ご苦労だった。よくやったな」

褒めてくださった。

嬉しくて、また涙が零れてくる。言葉にならなくて、うん、うん、と何度も頷いた。

そこに、エドワードが遅れて到着した。ずり落ちるように馬から降りると、ちょうどヘキとアッシュもキャンプから戻ってきた。アッシュは一目散にサリーディアのもとに駆けてくると、ちょこんと座り、ヴィンセントの顔を見上げる。

ヴィンセントはアッシュを見下ろして頷き、アッシュはわふっと吠えて尻尾を振った。以心伝心とでもいうのか、言葉を交わしていないのにわかり合っているようだ。

いつの間に仲良くなったの?

サリーディアはほんの少しだけ、アッシュに嫉妬《しっと》した。

「ヴィンセント様、お帰りなさいませ!」

ヘキは満面の笑みで挨拶すると、袋を抱えたまま地面にへたり込むエドワードの傍に駆け寄った。

「エドワード様、大丈夫ですか?」

大丈夫、と立ち上がろうとしたエドワードだったが、足がいうことを聞かないようだ。

「ダメだ。立てない。自分の足じゃないみたいで、力が入らない。情けないなぁ」

「産まれたての仔馬《こうま》みたいです」

「産まれたての仔馬か…、本当だな、あははは……」

ヴィンセントとエドワードは、王都から別邸まで、国王や軍が使う伝令用の馬を三度乗り

換え、ほとんど休まずに走ってきた。三頭目の馬を換えた辺りから、ヴィンセントとエドワードの差が開き始めた。

「死に物狂いで追ったんだけど、ヴィンセント様の勢いはちっとも落ちなくて、逆に、別邸に近づくほど速くなるし、途中からは背中が見えなくなって焦ったよ」

護衛の兵士の姿はまったく見えない。二人の速さについてこられなかったのだ。

どれだけ大変な思いをして戻ってこられたのだろう。

別邸の使用人を心配してのことだったとしても、少しは自分のことも気にかけてくれていたのではないか。

そう思うと、喜びと申し訳なさでいっぱいになった。

「ところでヘキ、その袋は？　食べ物が入っているのかい？」

エドワードはヘキが大事そうに抱えている袋が気になったようだ。

「サリーディア様のお薬です。お身体の調子がよろしくないので」

「どこが悪いのだ」

ヴィンセントがサリーディアの肩を摑んだ。

「え、その…、特にどことというわけでは…」

ハンドラたちがいなくなり、こうしてヴィンセントも戻ってきた。胃の痛みもすぐに消えるだろうし、今日の夜からはぐっすり眠れるはずだ。

ジェイムズからハンドラたちが帰ったことを聞かされたヘキは、サリーディアの雄姿を見逃したことを酷く残念がった。

「サリーディア様！」

ガーデナーの後ろから、三人の子供たちがおずおずと出てきた。

「庭にいたのがサリーディア様だと思ったの」

そっと近づいて、後ろから抱きついて驚かそうとしたのだ。

「そしたら、怖い顔の女の人だった」

「来ちゃいけないって言われたのに」

来てしまってごめんなさい、と三人が一斉に頭を下げる。

「怪我はなかった？」

咄嗟《とっさ》に庇ったものの、モンテロナに蹴《け》られたのでは、と心配だった。

「うん、俺たちは平気」

「ころんだけど大丈夫」

「でも、サリーディア様はぶたれてた」

それを聞いたヴィンセントは険しい顔になり、どういうことだ、と子供たちに聞いた。

「俺たち、どうしてあんなのとサリーディア様と間違えたんだろう」

「うん、サリーディア様のきれいなドレスと違って変な色のドレスだったのに。とっても肥えてたし、変な声で叫んでた」

「その女の人が、サリーディア様を棒で叩いた」

子供たちが口々にヴィンセントに訴える。

「サリーディア様をぶつなんて！」

「私がお傍におりながら、大変申し訳なく…」

ヘキやジェイムズだけでなく、他の使用人たちも一斉に声をあげた。ハンドラたちに不満を抱えていたのだ。

「サリーディア様、どこを痛めたのですか？」

ヘキはサリーディアの足元に跪く。

「…右の足を。でもたいしたことはないのよ」

「失礼します！」

ぺろりと裾を捲った。

「あのっ、ヘキ、…っ…」

「こんなに赤くなって！　痛みますか？」

忘れていた痛みが俄《にわ》かにぶり返してきたが、心配そうにしている子供たちが今にも泣きだしそうで、痛いとは言えなかった。

「ヘキ、いけないよ。人前でレディのドレスを捲るなんて。僕が目のやり場に困るし…」

エドワードは、足が見えたなんて言ったらヴィンセント様に殺されてしまう、と口の中でもごもご言った。

「サリーディア様！　私、おばば様のところにもう一度行って、薬をもらってきます！」

サリーディアの怪我に動揺したヘキは、エドワードの忠告がまったく聞こえていないようで、再びキャンプへと駆け出した。アッシュが後ろをついていく。子供たちもサリーディアにごめんなさいともう一度謝ると、ヘキの後を追いかけて走っていった。

「ヴィンセント様、エドワード様も、お疲れでしょう。中に入ってお休みください。しかし、まずは湯に浸《つ》かって身体をきれいにしてからでございます。お二人ともかなり酷うございますよ。ヘキが戻ったら、サリーディア様の手当てをいたしましょう」

使用人たちは我先にと自分の仕事に戻っていく。ヴィンセントが戻ってきた喜びに溢れていた。

ジェイムズがエドワードに肩を貸して立たせた。

「僕はお腹が空いた」

「着替えがお済みになった頃には、準備ができておりますよ。たんとお召し上がりください。ヴィンセント様、申し訳ございませんが、サリーディア様をお願いいたします。私はエドワード様で手がいっぱいですので」

サリーディアを運べと言っているのだ。

ジェイムズに頼まれたヴィンセントが、戸惑ったような顔をする。

「ヴィンセント様、私は大丈夫です。自分で歩けますから」

サリーディアは遠慮してヴィンセントから離れ、ひょこ、と足を引きずりながら歩きだした。すると、身体がふわりと浮き上がった。

「きゃっ」

ヴィンセントが抱き上げたのだ。サリーディアは身を竦めた。

間近にヴィンセントの横顔がある。ヴィンセントはまっすぐ前を向いていた。アッシュと見つめ合ったようにはサリーディアを見ようとしてくれない。けれど…。

「無理をするな」

こうして気遣ってくれる。

「はい、ヴィンセント様」

サリーディアは身体をヴィンセントに預けた。

ヴィンセントの鼓動はすでに落ち着いていたが、今度はサリーディアの胸が早鐘を打った。


湯を使い、砂塵と汗を落としたヴィンセントは、非常に汚れた華麗な軍服から、白いシャツと黒のズボンに着替えていた。居間のソファーに身体を預け、エールを味わってはサンドイッチを口にしている。その隣にサリーディアはちょこんと座っていた。

ヴィンセント様の軍服姿、とても素敵だった。

ジェイムズの話では、ヴィンセントの軍服は地味なのだという。重くてかなわん、と勲《くん》章《しょう》を一切つけないのだ。式典で諸侯が並ぶと地味すぎて浮いてしまい、逆に目立つらしい。

「美味しい。けど、こんなにたくさんのサンドイッチ、どうしたんです？」

次から次へと違う具材のサンドイッチを口に運び、エドワードが首を傾げた。

くつろいで召し上がっていただきましょう、とジェイムズが食事を居間に用意した。昼の時間はかなり過ぎていたが、ランチ用のサンドイッチがございますので、とテーブルにたくさんの種類が並べられたのだ。

「お二人が今日はお戻りになられるかと思ったのですよ」

台所からは新しい皿が次々に運ばれてくる。

「さすがジェイムズ」

ジェイムズはエドワードにそう説明したが、実際はハンドラたちに用意していたものだった。我儘な二人はせっかく用意しても、気が変わって違うものが食べたいと言い出す。すぐに持ってこないとモンテロナが癇癪《かんしゃく》を起こすので、具材はたくさんの種類を準備していたのだ。モンテロナは量も半端なく食べるので、かなり食費が嵩《かさ》んだことだろう。

居間の空気は和やかで、今朝《けさ》までのぎすぎすした雰囲気とはまったく違った。

別邸に来て、ヴィンセントとこんな時間を過ごすのは初めてだった。

ヴィンセントは何もしゃべらないけれど、傍にいるだけで心が満たされてくる。

一家団欒《だんらん》のようだわ。

昔、母が元気だった頃、父と母とロマエとで過ごした時間を思い出す。

これからは、少しでもこんな時間を過ごせたらいいのに、と思う。

しゃべらないヴィンセントとは対照的に、エドワードは食べて飲み込んではしゃべり、を繰り返していた。

王都から戻ってくる途中の話など、サリーディアの知らないヴィンセントのことが聞けるのは嬉しい。

「エドワード様、この後は菓子もお出しできますから、サンドイッチはほどほどになさいませ」

「お菓子の入るところはまた別だから、気にしなくてもいいよ。はあ〜っ、やっぱり別邸はいいですね、ヴィンセント様」

エドワードがしみじみ話しかけると、ヴィンセントはふっと鼻で小さく笑った。口角が上を向いている。

ヴィンセント様がお笑いになった。

嬉しくて、ちょっぴり悲しい。

エドワードやアッシュに見せる表情と、自分に見せる表情が違うからだ。楽しそうな顔など、自分には一度も見せてくれない。

「サリーディア様は食べないのですか？　もしかして足が痛むのですか？」

「いいえ、大丈夫です。いただきます」

二人が食事する風景を見ているだけで胸がいっぱいになっていたサリーディアは、食べることをすっかり忘れていた。

僕はこれが一番美味しかったですよ、とエドワードが勧めてくれたサンドイッチを、サリーディアはひとつ取って口にした。

「本当に、とっても美味しい」

心からそう思った。

昨日までは砂を噛んでいるようにしか思えなかったのに、同じ食材を使った同じ食べ物がこんなに美味しいなんて。

現金なもので、胃の痛みは消えて食欲が湧いてくる。今朝から何も食べていなかったので、空腹でもあった。

ひとつ、またひとつとサンドイッチを手にするサリーディアの姿に、ジェイムズがほっとしたような顔をした。

「すまんな、ヴィンセント。メシの最中のようだが、邪魔するぞ」

ラゴがのっそり居間に入ってきた。その背に皺深い老婆を背負っている。大きく膨らんだ手提げのカバンを持って、ヘキもついてきていた。

サリーディアの傍へ行こうとしたアッシュは、エドワードにチキンのサンドイッチを勧められ、尻尾を振りながらエドワードの前に座った。

「おばば様が、怪我の状態を見てから薬を作りたいって言うので、連れてきました」

ヘキは床の絨毯の上にクッションを置き、ラゴがその上におばばを座らせる。

「ヘキ、ソファーに座っていただいて」

「いいんだよ、娘さん。ここのほうが楽だ。さあ、足を見せておくれ」

怪我の具合を見るというので、エドワードは慌てて立ち上がり、サリーディアの姿が見えない場所へサンドイッチの皿とともに移動した。アッシュもついていく。

「おくつろぎのところ、すまないの、侯爵」

「いいや、おばば殿にわざわざご足労いただき、こちらのほうが申し訳ない」

頭を下げるヴィンセントに、あんたは相変わらず腰が低い、と笑った。

「さ、娘さん、足に触るからね」

足首を摑まれ、激痛が走った。

「…ぅ…っ」

サリーディアは顔を歪めて呻いた。

「何度も打たれたと子供たちが言っていたが、同じところを打たれて、挫《くじ》いたようになっているのかもしれないね」

「酷いのか？」

ヴィンセントが身を乗り出して聞いた。

「しばらくは動かさないほうがいい。侯爵が娘さんの足になっておやり」

おばばの言葉にヴィンセントが目を見張った。

「そんなっ、ヴィンセント様のお手を煩わせるようなことは…」

慌てるサリーディアにおばばは笑った。

「こんな華奢な娘さんを運ぶのに、侯爵が難儀するとは思えんが、そっちの若いのに頼むかい？」

「ぼっ、僕ですか？」

エドワードはサリーディアを見て顔を赤らめ、それは、その、いくらでもお手伝いいたしますが、でも…、とヴィンセントに縋るような目を向ける。

「……わかった。そなたの足となろう。必要な時は呼ぶがいい」

忙しいヴィンセントが申し出てくれたことが嬉しい。

サリーディアは頬を染め、素直に頷いた。

おばばはヘキにあれこれと指示しながら薬を作り、サリーディアの足の手当てをしてくれた。赤くなった足首に貼った薬は、ひんやりして気持ちがいい。

「おばば様、ありがとうございました」

「娘さん、子供たちを助けてくれたそうだな」

おばばはサリーディアと同じ、琥珀色の瞳をしていた。

「怪我がなかったとはいえ、私の身内がしたことなのです。一族の方々にお詫びしなければなりません。ラゴ様、おばば様、申し訳ございませんでした」

サリーディアは頭を下げた。

「う、あ、いや…」

ラゴは気まずそうな顔で、はっきりしない返事をする。

「まったくこの子は、素直にごめんなさいも言えないのかね」

おばばは手にしていた乳鉢《にゅうばち》で、ラゴの向う脛《ずね》を打った。

「ぐわっ！……くぅ……うぅぅ……」

ラゴは変な叫び声を上げて目を剥くと、足を抱えて蹲《うずくま》った。

「まったく、いい齢《とし》をした男がどうしようもない」

「そこが痛いのは齢も男も関係ないと思いますよ」

エドワードが遠慮気味に言った。

「痛いとわかっているから打ったんだ。だいたい娘さんに先に謝らせるとは何様だ、ラゴ。

あんたが侯爵から頼まれたことをきちんと果たしていなかったから、こんなことになったんじゃないのかい？」

ヴィンセントから、別邸を頼むと言われていたらしい。

「夜盗が入らないよう、夜の巡回はしていたぞ」

「偉そうにお言いでないよ。あんたが約束を守っていたら、あの子たちは怖い思いも嫌な思いもしなくて済んだんだ。あんたの代わりを娘さんがしてくれたんだ。礼を言いな」

「わかってるって」

ラゴは絨毯の上に胡坐《あぐら》をかくと、すまなかった、と頭を下げた。

「この子はこれでも反省している。許してやっておくれ」

「怒鳴って辛く当ったことも詫びる」

「ラゴ様…」

サリーディアは涙ぐんだ。

これでハイデルガの中洲の件が許されたとは思わないが、ラゴの一族に認められたような気がした。

「ラゴ様に、この子、というのは合わないですね」

エドワードが笑った。

「俺のばあ様だから仕方がない。曾曾《ひいひい》じい様の妻でもあるしな」

「あれ？　お祖母様ならお祖父《じい》様の妻になるのでは？」

エドワードが首を傾げた。

「確かに変だろうが、そうなんだから仕方がない。そうやって一族を繋いできたんだ」

元々、どこの国の民なのか、どうして流浪することになったのか、すでに一族の誰も知らないという。

「ばあ様は昔、清楚で美しい娘だったたって曾曾じい様は言ってたんだが…」

「そんな時もあった」

「本当かよ？」

「もう一発お見舞いされたいかい」

おばばが乳鉢を手にする。

「うへっ！」

ラゴが素早く腰を上げた。

「あの…、おばば様のお名前は？」

「名前かい。なんだか長ったらしい名前があったが、もう忘れてしまった。おばばでいい」

長い名前ならば、どこかの国の貴族令嬢だったのではないか、とサリーディアは思った。

おばばはそれを読み取ったように話しだした。

「私は家を出て、野垂れ死にそうになっているところをラゴの曾曾じい様、夫に拾われた。

元気になったら家に帰れと言われたが、強引についていったんだよ」

「怖くはなかったのですか？」

流浪の民になるのは、生半可なことではない。

「なかったと言えば嘘になる。だが、私も若かった。どうしても傍にいたかったのさ」

「どうしても傍に…」

その一言は、サリーディアの心の底に沈み、ゆらゆら揺れた。

まるで、お茶に落としたバラのジャムの花びらが、カップの底に沈んで踊るように。

「どこの国の人間も示し合せたように言う。運命は決まっている、とね。だが、私は決まってなんていやしないと思うんだよ。人生を切り開くのは自分自身だ。待っていたってなんにも変わりゃしない。運命はね、自分で回し、欲しい未来を自分で摑むもんだ」

自分で回し、摑むもの。どなたかが回してくださるのではなく…？

おばばは続けた。

「夫に拾われたのも、それこそ皆の言う運命だったんだろう。四十近く離れていた夫と過ごしたのは短い時間でも、夫の傍にいて幸せだった。楽な暮らしでもなかったが、私は自分で決め、運命を回し、摑んで、ここにいる。だから、こうして娘さんとも出会えた」

サリーディアが微笑むと、おばばは皺深い顔をさらに皺深くして頷いた。

「ハイデルガが一族の手を離れたことを、娘さんが気に病む必要はない。ハイデルガが一族から逃げてしまったのは、この子が運命をしっかり摑んでいなかったからさ」

掌でばしっとラゴの脹脛を叩く。

「いてっ！　今度はこっちかよ」

「私は早く夫のもとに行きたいのに、あんたに嫁が来ないから心配で行けやしない。ラゴ、もっとしっかりおし」

ラゴが苦虫を嚙み潰したような顔をした。


おばばたちが帰り、満腹になって舟を漕ぎ始めたエドワードは、ヘキとアッシュにつき添われて部屋に下がった。ジェイムズが扉を閉め、居間にはサリーディアとヴィンセントだけが残された。

「ヴィンセント様、ご迷惑をおかけして申し訳ありませんでした」

食事をしたり、怪我の治療をしたりしていて、謝罪の機会がなかったサリーディアは、ハンドラに手紙を書いてしまったこと、それがきっかけでハンドラたちが別邸に来てしまい、ジェイムズやヘキや使用人たち、ラゴの一族の子供たちに迷惑をかけてしまったことを、改めて謝罪した。

「浅慮でした」

「気にすることはない」

「ですが……」

ヴィンセントはエールのグラスをテーブルに置き、サリーディアに向き直った。

「怪我をしてまで領民を守ってくれた」

間近にヴィンセントの顔がある。

ヴィンセントとこんなふうに会話するのは初めてだった。それも、体温を感じるくらい近くに寄り添って。

サリーディアは落ち着かなくなって俯《うつむ》くと、ヴィンセントはグラスを取るのに身体を動かし、少し距離を作った。

たまたまだったのだろう。グラスを取る拍子に身体を動かしたのだから。

けれど、まだ手を伸ばせば触れるくらい近くにいるヴィンセントとの距離が、とても離れてしまったように感じられた。

「怪我をしたのは自業自得です。ガーデナーにお願いせず、私が直接子供たちに言えばよかった」

自分の家族が危険な人間なのだとはっきり言っておけば、あの子たちも庭にやってくることはなかった。

「恥ずかしかったのです」

ラゴの一族は固い絆《きずな》で結ばれている。血の繋がりなどまったく関係なく、おばばのように外から来た者も、中で生まれた者も、誰もが等しく一族は大きなひとつの家族として暮らしを営んでいる。

ミルドレン伯爵家とは大違いだ。

「血の繋がりがないとはいえ、自分の家族が他人を蔑むような人間だと、私も同じ名前を持っているのだと、恥ずかしくて子供たちに言えなかった」

どうして蔑むの？　と聞かれたら、サリーディアにもわからないからだ。

「ハイデルガの件で、それほど心を痛めているとは思わなかった。ハイデルガは難しい土地なのだ。それをそなたに説明する必要はないと思っていた。すまない」

「いいえ、いいのです。お話を聞いても、私には理解できないでしょう。ヴィンセント様がお決めになったことなのに、私が自分勝手に行動してしまったから…。ヘキに怪我までさせてしまいました」

額の傷は消えてなくなっても、ヘキの心には傷が残るだろう。

「そなたのせいではない。そなたは十分に手を尽くした」

「ジェイムズやヘキが、別邸の皆が助けてくれました」

見上げると、ヴィンセントは優しいまなざしでサリーディアを見つめていた。

涙がサリーディアの頬を伝っていく。

「泣くな。すべては私の責任なのだ。そなたにはなんの落ち度もない」

慰められれば慰められるほど、涙が零れてくる。

「もう泣くな」

ヴィンセントは切なげな表情で、サリーディアの涙を指で掬《すく》う。

「もう誰もそなたを傷つけない」

大きな手がサリーディアの顔を包み込み、ヴィンセントの唇が、瞼《まぶた》に、額に触れる。

涙に濡れた瞳で見上げると、ヴィンセントの金赤色の目が泳ぎ、苦しそうな顔で息を吐くとサリーディアを抱きしめた。

「ヴィンセント様？」

大きな手が、サリーディアの背中をゆっくりと撫でる。

「少し…痩《や》せたな」

暖かな腕の中で、サリーディアはうっとりと眼《め》を閉じた。

ヴィンセントの鼓動がサリーディアの鼓動と重なる。

広い胸にサリーディアは頬を寄せた。

会話はなかった。なくてもよかった。

こうして傍にいられるだけで、抱きしめてくれるだけで、夢のようだと思った。

こんなに心休まるのは、いつ以来だろうか。

ずっとこのままでいたい。放さないでいてほしい。

眠れぬ日々の記憶が遠ざかって、疲れた心と身体が癒されていく。

サリーディアは幸せな心持ちに浸った。

もっときつく抱きしめてほしい。

深く息を吸う。

汗を流した身体からは強い匂いはしないが、汗みどろだったヴィンセントの匂いは、あの夜の汗の匂いと同じだった。

ヴィンセントの微かな体臭が鼻孔を通り抜けていくと、あの夜の汗の匂いが蘇《よみがえ》る。

サリーディアの身体の奥で、ヴィンセントを求める何かが蠢きだした。

あ…。

しばらくこんなことはなかった。ハンドラたちに振り回されていて、そんなことを考える余裕もなかった。

サリーディア自身、すっかり忘れてしまっていた。

だが、ヴィンセントに抱きしめられただけで、サリーディアの秘めたる場所が再び目覚め始めようとする。

ダメよ！

ヴィンセントの体臭が、媚薬のようにサリーディアの身体を反応させる。

今はダメなの、お願い、静まって。

身体に言いきかせる。

こうしてヴィンセント様が私を抱きしめてくださっているのに、私はこれだけで十分なのに……。

淫靡な感情を必死に抑え込んでいたサリーディアは、ふと、自分を抱きしめていたヴィンセントの腕が解けているのに気づいた。

ゆらりとヴィンセントの上体が傾いだ。

「ヴィンセント様？」

そのままずるずると、ソファーの背に沿ってヴィンセントの身体は仰向けに倒れていく。

ヴィンセントの腕を慌てて摑んだものの、重さに耐えきれず、サリーディアはヴィンセントの上に重なるように倒れ込んだ。

ヴィンセントは規則正しい呼吸を繰り返していた。サリーディアが身体の上に乗っていても、まったく気づかない。

「眠っていらっしゃる」

王都から休まず馬を走らせてきたのだ。疲れきっていたのだろう。

「私…」

サリーディアは淫らな自分の身体が恥ずかしかった。

「私は自分のことばかりで…。ああ、早く休んでいただけばよかった」

自室に帰ったエドワードは、とうに夢の中だろう。

ヴィンセントの身体の上から退くと、痛む足を踏ん張って、ヴィンセントの重い両脚をなんとかソファーの上に持ち上げる。それでもヴィンセントは目を覚まさず、楽な体勢へと身《み》動《じろ》ぎするだけだった。

「膝をお貸しできればよかった」

頭を持ち上げたら目覚めてしまうだろうか、と躊躇い、肩にかけていたショールを外して大きな身体にかけた。

サリーディアは足が痛まない体勢で絨毯の上に座り、ヴィンセントの寝顔を見つめた。

ヘキがモンテロナに額を傷つけられた時、たくさんの血が流れた。ヴィンセントの左目の傷の大きさはその比ではない。

どれほどの血を流し、どれほどの痛みだったのだろう。

端整な顔に、疲れが浮かんで見えた。

「こんなにお疲れなのに、私を慰めてくださった」

再び涙が溢れた。

「ヴィンセント様」

名前を呼ぶと切なくなる。胸が苦しくなる。

「私は、ヴィンセント様が…」

愛《いと》おしいのだ、と思った。

だから、こんなにも切なくて苦しいのだ、と。

ヴィンセントを抱きしめたかった。

もう泣くな。

ヴィンセントの声が耳の奥で木霊《こだま》する。

サリーディアは両手で涙を拭った。

もう泣きません。

ずっと触れてみたかった灰色の髪に、サリーディアはそおっと手を伸ばした。初めて触れたヴィンセントの髪は、アッシュの毛並みのように柔らかだった。色濃くなっている前髪の一房にも触れてみる。

ヴィンセントは深い眠りについているようで、睫毛の揺らぎすらない。

ヴィンセントの唇に。サリーディアは自分の唇をそっと重ねた。

「優しい方」

死んだように眠るヴィンセントを、サリーディアは見つめ続けた。

ヴィンセントとエドワードが戻ってきた翌日から、雨が降り出した。

久しぶりのお湿りです、とガーデナーは喜んでいた。サリーディアが別邸に来てから、雨らしい雨は降っていなかったのだ。

しかし、喜んでいたガーデナーも、何日も降り続く雨に困り顔になり、雨に打たれる花のように萎《しぼ》んでいった。仕事ができないのと、孫のような一族の子供たちが庭に遊びに来ないのが、寂しいのだろう。

今日も雨はしとしとと降り続いている。

「サリーディア様、夕食はご一緒できないとのことです」

「午前中に二回も早馬が来たから、無理かもしれないと思っていました」

どういった心境の変化なのか、ヴィンセントは食事やお茶の時間をともにしてくれるようになった。といっても、一日に一回あるかないかだ。今日のように、予定していたのに断られることのほうが多い。

食事中も、サリーディアが話しかければ返事はしてくれるが、会話も弾むとは言いがたい。けれど、影すら追えなかった頃に比べれば大違いだ。同じテーブルを囲む機会が少しでもあるのは嬉しかった。

「こう雨が続くと散策もできませんね」

「ええ」

ハンドラたちが出ていき、ヴィンセントが戻ってきたことで華やいだ別邸内も、雨が続いてどこかどんよりしていた。ヘキは、乾ききっていない洗濯物に鏝を当て、湿り気を飛ばすのに毎日必死だ。

「実は、ジェイムズにお願いしたいことがあって」

「なんでございましょう。仕立屋を呼ぶのでしたら…」

違うわ、とサリーディアは笑った。

サリーディアを別邸に迎える際、正装用のドレスをすぐに用意できなかったこと、未だに仕立屋を呼んでいないことが、自分の不手際だとジェイムズは気にしているようだ。事あるごとに、仕立屋を、と言うのだ。

「台所頭にジェイムズから頼んでほしいの。オーブンを貸してほしいのと、お菓子の材料を分けてほしくて」

「お菓子をお作りになるのですか?」

「無理ならいいの。仕事の邪魔になるのは申し訳ないから」

「そんなことはございませんよ。お怪我の具合はいかがですか?」

おばばの薬はよく効いて、足の腫《は》れはすぐに引いた。痛みももうない。二階だった部屋を一時一階へと移したので、ヴィンセントの手を煩わせることはなかった。

サリーディアには、ちょっぴり残念だったけれど…。

「もう平気よ。階段だって上れるわ。そろそろお部屋を二階に戻してもらおうかと思っていたの。天気がよければお散歩にだって行きたい」

台所頭はサリーディアの願いを快く了承し、入り用のものがあればなんでも用意すると請け負ってくれた。

サリーディアはバターや卵、リンゴなどを用意してくれるよう頼み、バターをたっぷり使った小振りな焼き菓子を作った。ちょうどいい大きさの型が別邸の台所にあったのだ。

別邸に来てからは台所に足を踏み入れることも稀《まれ》だったので、バターを練ったり小麦粉をふるったりするのは楽しかった。

「私の母の乳母ロマエはお菓子作りの名人でした。数年前に亡くなってしまったけれど、私は小さい頃からお菓子作りを教わったの。お味はどうかしら？」

焼き上がった菓子を試食した台所頭は、絶賛した。

「休憩の時にでも皆で摘まんでください」

「それはいけません。ヴィンセント様が召し上がっていないのに、私たちがいただくなど。まずはヴィンセント様に召し上がっていただかなくては」

ジェイムズの勧めに、サリーディアはとんでもないと遠慮した。すると、台所頭が青くなった。

「ヴィンセント様にお出ししましょう。私は試食してしまいましたし、こんなに美味しい焼き菓子があったことをエドワード様が知ったら…」

ジェイムズが深く頷いて、大事になるでしょう、と言った。

エドワードは菓子が大好きで、食事の後でも必ず食べるのだ。

「お持ちすれば喜ばれますよ」

エドワード様は喜んでくださるかもしれないけれど、ヴィンセント様はどうかしら。

「ヴィンセント様のお邪魔にならないかしら。お忙しいのでは？」

「そろそろお茶を運ぼうと思っていました。ヴィンセント様には少しお休みいただいたほうがよろしいのですよ」

根を詰めすぎるので、邪魔するくらいがいいのだという。

サリーディアは了承した。ただし、自分が作ったとは言わないでほしいとジェイムズに頼んだ。

「ヴィンセント様のお口に合わないかもしれないし…」

「そんなことはございません。ですが、サリーディア様がそうおっしゃるのなら、内緒にいたしましょう」

執務室へ向かうジェイムズに、サリーディアも焼き菓子を盛ったかごを手についていった。

「いい匂い。お菓子がある！」

エドワードが目を輝かせた。

「少しお休みになってください。焼き菓子をお持ちしました」

ジェイムズがお茶を淹れる。

「かわいい焼き菓子ですね」

「お仕事をしながらでも摘まんでいただけますから。ふたくちほどでお召し上がりに…」

なれますし、というジェイムズの言葉は出なかった。

エドワードが身を乗り出して菓子を取ると、ぽいっと口に放り込んでひとくちで食べてしまったのだ。

「んいひぃーっ！」

もぐもぐしながら叫んだ。

「バターとリンゴの香りが口の中いっぱいに広がって…、こんなに美味しいの、今まで出してくれたことなかったよね。もしかして、僕だけ食べさせてもらえなかった？　酷いよジェイムズ」

子供っぽいしぐさで文句を言う。

エドワード様は気に入ってくださったみたい。

第一の関門は突破した。大事なのは、次の関門だ。緊張が高まる。

「そんなことはございません。機会がなかっただけでございます。私も食しておりません。さあ、ヴィンセント様もおひとつ」

ジェイムズがかごを差し出す。

「ヴィンセント様、とっても美味しいですよ！」

エドワードに勧められ、ヴィンセントは焼き菓子をひとつ摘まむ。

サリーディアはドキドキしながらヴィンセントを見ていた。

食べてくださるかしら。お口に合うかしら。

ヴィンセントは書類を片手に焼き菓子をひとくち齧《かじ》り、眉間に皺を寄せた。

サリーディアの心臓がどくんと跳ねた。

美味しくなかったのかしら。

試食した台所頭は太鼓判を押してくれたが、お世辞だったのかもしれない。

ミルドレン伯爵家の使用人や近所の子供たちは、サリーディアが菓子を作ると喜んでくれた。しかし、ホズウェル侯爵家は大家だ。王宮ではもっと美味しいものを食べる機会がヴィンセントにはあるだろうし、本邸の台所頭も腕のいい職人のはずだ。

「この焼き菓子は、サリーディア様がお作りになったのです」

それを聞いたヴィンセントは、微かに驚きを浮かべてサリーディアを見た。

ジェイムズ！　内緒にしてって頼んだのに。

「サリーディア様、とっても美味しいですよ」

「ありがとうございます、エドワード様。あの…、ヴィンセント様はお口に合いませんでしたか？」

恐々聞いた。

「いや、旨《うま》い」

ヴィンセントは残っていた菓子を口に入れ、咀嚼《そしゃく》しながら再び書類に目を向ける。

旨いと言うものの、旨そうに見えない。

無理して食べてくださったのかしら。

エドワードほどではないにしろ、少しは喜んでくれると思っていたから、感動の欠片《かけら》も表さないヴィンセントに、サリーディアはがっかりした。

甘いものが苦手なのかもしれないわ。お食事をご一緒した時も、お茶の時も、ヴィンセント様がお菓子を食べているところを見たことなかったもの。

「サリーディア様、明日はどんなお菓子ですか？」

エドワードが興味津々《しんしん》で聞いてくる。エドワードの頭の中では、サリーディアが毎日菓子を作ってくれることに決まったようだ。

菓子作りは好きだし毎日作るのも厭《いと》わないが、皆が喜んでくれても、ヴィンセントが喜ばなければ意味がない。

「ヴィンセント様のお口に合うなら…」

そこが問題なのだ。

余計なことはするな、とおっしゃらないかしら。

「合います、合います」

エドワードが答える。

「だって、ヴィンセント様はお菓子が……あ……う…」

金赤色の瞳がじーっとエドワードを見ていた。

「えっと、疲れた時には甘いものを食べると元気になりますから、ね、ヴィンセント様」

「足の怪我はいいのか？」

ヴィンセントはサリーディアを見ず、書類に視線を戻して問うてくる。

作ってもいいということなのかしら。

「はい、痛みもありません」

明日も食べてくださるかしら。

「好きにするがいい」

あまり芳しい答えではなかった。サリーディアは出すぎたまねをしてしまったのではないか、と後悔した。けれど…。

「無理をしないように」

ヴィンセントがぼそりとつけ足す。

書類からちっとも目を離してくれないヴィンセントだったが、サリーディアにはその一言だけでよかった。

「はい」

気にかけてくれている、とわかるから。

台所では、焼き菓子を囲んで使用人たちが待っていた。

「ヴィンセント様が召し上がってくださいました。皆さんもどうぞ。食べた感想を聞かせてください」

誰もがひとくち食べて目を輝かせる。

口々に美味しいと言ってくれる。中には、台所頭よりも美味しいという者までいた。

「とんでもない。私に気を遣ってくれなくてもいいのに…」

台所頭は一流の料理人だ。別邸に来てから出された菓子は、どれも美味しかった。

「台所頭のハニープディングは、私の大好きなお菓子なの」

「嬉しいお言葉です。しかし、サリーディア様の焼き菓子は本当に美味しいです。このすばらしいレシピを考案し、サリーディア様にお教えになったロマエさんにお会いしたかった。お亡くなりになったとは、非常に残念です。ロマエさんの作った菓子を、私も食べてみたかったです」

「ありがとう。ありがとうございます。ロマエが聞いたらきっと喜ぶわ。ロマエのお菓子は本当に美味しかったの」

皆が喜んでいる横で、ヘキは焼き菓子を持ったままだった。

「ヘキ、食べないの？」

「後で、弟たちのところに持っていこうかと」

皆が美味しいというので、食べさせたくなったのだ。

「エドワード様と約束したから、また明日お菓子を作るのよ、ヘキ。一族の子供たちに作って持っていきましょう。ヴィンセント様はきっと許してくださるわ。だから、それはあなたがお食べなさい」

「皆にですか？」

サリーディアは頷くと、どうぞ召し上がれ、と勧めた。ヘキは嬉しそうに頷くと、大事そうに持っていた焼き菓子をひとくち食べた。

「美味しい！　とっても美味しいです、サリーディア様！」

「よかった」

翌日、たくさんの菓子を作ったサリーディアは、ヘキとアッシュ、荷物持ちとしてガーデナーを伴い、雨の降る中キャンプを訪れた。

子供たちを庇ってサリーディアが怪我をしたことはキャンプ中に広まっていて、以前訪れた時とは違い、皆笑顔で迎えてくれた。

「旨い！」

ラゴが菓子を食べて目を見張った。

「おばば様のおかげで足もこの通り、すっかり治りました。お世話になったお礼です」

「ラゴ、私に感謝おし。こんなに美味しい菓子が食べられたんだからね」

「へいへい」

サリーディアはラゴに案内されて、おばばのテントを訪ねていた。

地面に直接設《しつら》えたテントの中には、麦わらをもっと太く長くしたような、トトラという植物の茎がたくさん敷き詰められていた。その上に、厚手の布や毛皮を乗せて座っている。トトラの下を水が流れていき、布や毛皮が濡れることはない。テントの内側にもトトラを編んだものが張られている。トトラだけで家を作ったりもするのだという。

ヘキとアッシュはヘキの家族のテントへ行った。アッシュはヘキの守護を仕事に決めたようだ。サリーディアよりも、ヘキの傍にいるほうが多くなっている。ガーデナーは庭に遊びに来る子供たちに引っ張られて、誰かのテントにお邪魔しているのだろう。

「ラゴ様、こちらでの暮らしは大変ではないですか？」

サリーディアは気にかかっていたことを聞いた。住み慣れた土地から離れて暮らしているのだ。不自由ではないかと思った。

「いんや、俺たちはどこにいても暮らしていける。なぁ、あんたはもう気にしなくていい。気に病んでばかりいると、髪が白くなっちまうぞ」

「髪が白く？」

サリーディアはきょとんとした。意味がわからなかったのだ。

「ああ、そうか。デオダラン人やパミル人、この近隣の国の人間は、髪が白くなることはないんだったな。年老いていくと、髪が白くなる人間もいるんだ」

まぁ、とサリーディアは驚いた。

「あとは、恐ろしい目に遭うとか、気に病むことがあっても白くなる。あんたの髪が白くなったら、俺はヴィンセントに殺されちまう」

「まさか。ヴィンセント様がそのようなことをなさるわけが…」

どうかな、とラゴが笑った。

テントを叩く雨の音が強くなった。

降ったりやんだりするものの、降らない日はなく、一週間以上降り続いている。

「雨、やみませんね」

「よく降るが、俺たちには恵みの雨だ」

「作物がよく育つからですか？」

「それもあるが…。ま、もうしばらく降ってくれるとありがたい」

ラゴはにやりと笑った。

何がありがたいのか、サリーディアにはわからなかったが、ラゴが焼き菓子の入っている袋に意識を向けたので、その話は終わった。

「おい、ばあ様、全部食っちまったのか？」

袋を覗き込んだラゴが、呆れたように言った。

「ひとり一個だ。お前は一個食べただろ」

ずずっ、とおばばが茶を啜る。

「こん中には五個以上あっただろうが」

「これは私への礼に娘さんがくれたもの。お前の菓子じゃないのさ」

「だからってさ、年寄りがそんなに食ったら腹壊すぞ」

「私の腹だ。お前に心配してもらわなくても結構」

「なんて言い草だ！」

初めて会った時は、恐ろしい男だった。怒鳴られ、睨まれ、存在を否定するようなことも言われた。

人って不思議だわ、とサリーディアは思った。

些細なきっかけで、こんなふうに歩み寄ることができる。歩み寄れば、その人の見えていなかった部分が見えてくる。

「いい大人が菓子ぐらいでなんじゃ」

「ちぇっ」

唇を尖らしたラゴは、とても一族の長《おさ》には見えない。子供っぽいしぐさに、サリーディアは声をあげて笑った。

お菓子を食べると笑顔になる。

ロマエの菓子は、サリーディアにとって、幸せの象徴だった。

ミルドレンの邸に優しい母がいて、父がいて、気配りのできる使用人がいて。

そして、美味しいロマエの菓子があった。

ロマエ、あなたのお菓子が、ここでも皆を幸せにしているわ。こんなにも喜んでくれる人たちがいるの。

「ラゴ様、またお持ちしますわ」

サリーディアは毎日焼き菓子を作った。

ヴィンセントとエドワードはこのところ特に忙しいようで、朝から晩まで執務室に引きこもっている。そうかと思えば、二人で雨の中を馬で出掛けていくようにもなった。

書簡を携えた兵士が一日に何度もやってきたり、国王直属の近衛隊の兵士が、ヴィンセントに面会を求めて訪ねてきたりもした。ラゴと一族の男衆も、執務室に入って長い間話をしていた。

何が起こっているのか、サリーディアにはわからなかった。聞いてはいけないのだ、と慎んでいるけれど、食事やお茶のテーブルを囲むことができなくなったのが、寂しい。

身体を壊さないかしら。

それだけが心配だった。

また、少し気になることもあった。

一族の子供が、ダミアンに似た男を見かけた、とヘキに告げたことだ。

天気も悪く、最近の別邸は人の出入りも激しい。見たのは一度きりだったから、誰かを見間違えたのではないかとヘキは片づけたが、サリーディアはなんとなく気になっていた。

ダミアンが帰り際に見せた意味深な笑みは、よからぬことをたくらんでいるのではないか、と思わせる笑みだったのだ。

多忙なヴィンセントに相談はできなかった。煩わせたくなかったのだ。人の出入りが多いので、別邸を管理するジェイムズも何かと忙しい。

ハンドラたちがまた別邸に押しかけてきたら、と不安になったが、毅然とした態度で追い返せばいいのだ、とダミアンに似た男の目撃談を心に納めた。

だから焼き菓子を作った。焼き菓子を作っていると夢中になって、嫌なことも不安なことも忘れられる。

ヴィンセントが喜んでくれたら、と願いながら。自分にはこれしかできないのだから、と。

使用人たちや、雨でも庭に遊びに来るようになった一族の子供たちにも作った。皆、焼き菓子を楽しみにしてくれている。

美味しいと褒められて有頂天になっていたかもしれない。台所の食材の減りが早まった。小麦とバターがすぐになくなる。毎日菓子を作ってもいいのだろうか、と心配になった。

「焼き菓子の千や五千くらいで、ホズウェル侯爵家が倒れることはございません」

と、ジェイムズが胸を張る。

「ジェイムズ、いくらなんでもそんなにたくさんは作れないわ」

ヴィンセントに伺いに行くと、彼はこう言った。

「作りたくないのなら、やめればいい」

「いいえ、そうではありません。だって、私にできるのはこれだけですから…」

「刺繍もするのではないのか？」

ジェイムズが話したのだろうか。ヴィンセントが知っているとは思わなかった。

サリーディアが目を見張ると、菓子作りはそなたのやりたいように、とヴィンセントが言った。

「よろしいのですか？　他のお邸では、菓子にこれほど費用をかけないと思うのです」

「菓子をちらつかせれば、エドワードのように働く者もいる」

それを聞いたエドワードは、菓子がなくてもちゃんと働いています、と抗議したものの、もっと焼き菓子が食べられたら、僕はもうちょっとだけ多く働きますよ、と笑った。

「こういう者もいる。菓子の材料費を出し惜しみしなければならないほど、当家は財政難ではない」

ジェイムズと同じようなことを言う。

「菓子ひとつで倍の働きをするのなら、安いものだ」

それを聞いたエドワードが、慌てて椅子から立ち上がった。

「ヴィンセント様、倍、とは言っておりません。もうちょっとだけ、と言ったんです」

真剣なエドワードに、サリーディアは両手で口を押さえて笑った。

日持ちのする菓子を、台所に常備するようにもなった。

雨の中、ずぶ濡れになりながら馬を走らせ、少しの休息を取っただけで本邸まで帰っていく兵士たちに、食べてもらおうと思ったのだ。

きっかけは、休憩も取らずに本邸に戻ろうとした兵士だった。

雨続きで道がぬかるみ、思うように馬を進められなかった彼は、往路で時間を使いすぎてしまい、焦っていた。ヴィンセントも休んでいけと引き止めなかった。本邸ですぐにでも対応してもらいたい事案だったのだろう。

レーン大河がこの長雨で一部氾濫《はんらん》したらしい。大きな被害は出ていないようだが、雨が降り続けばこの先どうなるかはわからない。大河沿いにもホズウェル侯爵家の領地が一部あるのだというから、心配だ。

疲労を隠せない兵士の姿に、サリーディアは心を痛めた。何かしてあげたい。自分がしてあげられることはと考え、兵士に焼き菓子を持たせた。

もちろん、帰路の途中で取る食料は別邸で支給されるが、彼は休憩も取らずに駆け続けるのではないか、とサリーディアは思った。

焼き菓子ならば、馬で走りながら食べられる。

甘いものを食べれば、力が湧いてくるはずだ。それで、本邸までの道のりを走り抜けてほしい。少しでも助けになればと考えたのだ。

後になって、差し出がましいことをしてしまった、と反省したが、サリーディアが手渡すのを見ていたヴィンセントは何も言わなかった。ジェイムズには、兵士にまでお心を砕いてくださったのですね、と礼を言われた。

それからは、疲労回復に役立つ木の実や、腹持ちがよくなるよう乾燥果実をたっぷり練り込んだ日持ちのする菓子を作っておき、書簡を携えてやってきた兵士に、食料と一緒に渡してもらっている。

エドワードから嬉しい話を聞いた。

兵士の間では、別邸への早馬に志願する者が後を絶たない、と。

「皆、サリーディア様の焼き菓子目当てなんですよ」

「エドワード様、それは買いかぶりです。焼き菓子程度のもので、あのように大変なお役に皆さん志願するとは思えません」

雨続きで気温が下がり、寒い中を走り続けなければならない。道もぬかるんでいるから馬も足を取られる。取られるだけならマシで、足を捻って走れなくなるという可能性もある。馬が転んで足を折ってしまえば、兵士は徒歩で馬を借りられるところまで行かなければならないし、兵士だって怪我をしかねないのだ。

「いえいえ、あの焼き菓子を毎日食べているのか、と羨望《せんぼう》のまなざしを向けられましたよ。羨ましいだろう、と自慢しました」

「エドワード様ったら。でも、兵士の方々がそんなふうに思ってくださったら嬉しいです」

ほんの少し、ヴィンセントの力になれた気がするのだ。

「ところでサリーディア様」

「はい」

「彼らに渡している特別なあの焼き菓子、僕も食べたいのですが」

真面目な顔で頼んでくるエドワードに、サリーディアは噴き出した。

「特別でもなんでもありません。木の実と乾燥果実を多めに入れて、少し硬めに仕上げてあるだけです。時々お出しするものと、材料は変わらないのですよ。あとは、お酒を少し滲み込ませてあるくらいで…」

酒は日持ちさせるつもりで使ったのだが、冷えた身体を温めることもできる。

身体を温めるには飲むのが一番いいけれど、手綱の操作を誤ったり、落馬してしまったりするかもしれない。兵士たちは、本邸に着くまでは、と寒い中飲みたいのを我慢して必死に走り続ける。

そんな彼らには、サリーディアの作った甘くて腹持ちがよく、ほんのり酒の香りを感じる焼き菓子が、なによりのごちそうだったのだろう。

「明日の焼き菓子はそれでお願いします」

「はい、承りました。でも、お酒は風味づけ程度にしますね」

エドワードが意気揚々と執務室に戻っていく。

サリーディアは明日の菓子作りがさらに楽しみになった。

別邸に連れてこられて…。

ヴィンセントに何かを頼まれることも、期待されることもなかった。庭で出会った時も、何もするな、と言われたほどだ。

菓子作りもサリーディアがやりたいと言い出したから、エドワードや使用人たちが食べたいというから、やりたいようにすればいい、と答えただけかもしれない。

「ダメとはおっしゃらなかったもの」

焼き菓子くらいで使用人の働きがよくなるのなら、と。

「そう思ってくださったのかしら」

ヴィンセントが自分の焼き菓子を楽しみにしていてくれるのか、未だによくわからない。食べるのは幾度か見た。執務室に運べば、菓子の皿は必ず空になって戻ってくる。召し上がられました、とジェイムズも報告してくれる。

「ヴィンセント様の分を、エドワード様が食べていらっしゃる可能性もあるわ」

嬉しそうに菓子を頬張るエドワードの姿が浮かび、サリーディアはくすっと笑った。

それでもいい、と思った。

「望みすぎてはいけないのよ、サリーディア」

自分のできることをしよう。

「旨い、とヴィンセント様はおっしゃったもの。ひとくちだけでもいいの」

ハンドラに手紙を書くという浅慮な行動で、大きな迷惑をかけた。今度は、誰にも迷惑をかけないことをしよう。

「別邸の皆が、笑顔になってくれるわ。ヴィンセント様だって私の焼き菓子を楽しみにしているって、思っていればいいじゃない」

別邸に来た当初は、自分だけが異物のように感じた。皆から優しくされれば優しくされるほど、孤独感が募った。

なぜ私はここにいるのだろう。どうしてヴィンセント様は私を無視するのだろう。

そんなことばかり考えていた。

ヘキのようにサリーディアを慕ってくれる侍女がいる。ハンドラたちが来た時も、ジェイムズや使用人たちは文句も言わずに助けてくれた。

ラゴの一族と同じで、この別邸は、大きなホズウェル侯爵家の中の小さな一族なのだ。

皆、ヴィンセントを慕い、ヴィンセントのために働いている。

「私もこの家族の中に入れてもらえたのかしら」

美味しいと言って焼き菓子を食べてくれる別邸の小さな一族に、サリーディアは今やっと、受け入れられた気がした。

「きっと、私が変わったのね」

ヴィンセントの特別な人間になりたかった。そうなることを望んでいた。

けれど今は、小さな一族のひとりでいいと思える。

ヴィンセントがなんのために自分を買ったのか、どうしてここに連れてきたのか、ヴィンセントの胸の内はわからないままだ。

知らないままでいい、とサリーディアは考えることはやめた。

「お母様のおっしゃっていた幸せとは全然違うけれど…。お母様、私今幸せだと思っているの。本当よ」

ヴィンセントから伽《とぎ》を命じられることはない。身体を弄られたのも、背中を向けられたあの時だけだ。

この先、求められることはないのかもしれない。

ヴィンセントに激しく抱かれた経験があり、ヴィンセントへの愛に気づいたサリーディアには、悲しく、寂しいことだったけれど…。

心の底で、何かがゆらりと揺れた。

ホズウェル侯爵家の、別邸の小さな一族の中で暮らしていこう。ホズウェル侯爵家の末端で働けばいい。

傍にいたいのだ。

愛されなくても、振り向いてくれなくても。

どんな形でもいい、ヴィンセントの傍にいたいのだ。

「ああ、おばば様と一緒ね」

おばばもこんな気持ちだったのだろうか。だから、流浪という未知の旅にもついて行こうと思えたのだろうか。

ヴィンセント様が別邸にいらっしゃる間は、あの方のために自分のできる限りのことをしよう、とサリーディアは決意する。

別邸に腰を据えているヴィンセントも、いずれ本邸に戻る。本邸に戻れば、別邸には多くて年に数回訪れる程度になるはずだ。ヴィンセントが結婚すれば、二度と、ここには足を運ばないかもしれない。

クローバーの野原のあるこの別邸で、待ち続けたい、と思った。

己で作り上げた記憶かもしれない、母との思い出に似たこの土地で。

「いつか、私のことなど忘れてしまわれるかしら」

呟くと、涙が滲んできた。

あの金赤色の視線を感じ、まなざしに包まれることもなくなるのだ、と思うと、心が押し潰されそうになる。

「いけない、泣かないでおこうって決めたのに」

滲んだ涙をサリーディアは拭った。


「いらっしゃらないわ」

サリーディアは執務室にお茶と菓子を運んだが、いるはずのヴィンセントがいない。

「今は雨もやんでいるし、根を詰めていらしたから、気分転換にお庭にでも出られたのかしら」

しかし、外に出た様子はなかった。ジェイムズの姿も見当たらない。

もしかしたら、ヴィンセントの私室ではないか、とサリーディアは思った。

「お戻りになるまでここで待っていてもいいかしら。でも、お茶が冷めてしまうわね」

お茶は淹れ直せばいいが、新作の菓子をぜひ食べてもらいたかったのだ。

二階の執務室には迎え入れてもらえるようになったが、ヴィンセントの私室は三階にある。三階には一度も上がったことがなく、私室の様子も知らなかった。

エドワードがいたら呼びに行ってくれるだろうが、昨日から所用で本邸へと戻っている。彼も何かと忙しい。

「呼びに行ってもいいかしら。たかがお茶くらいで、と叱られるかしら。大事なお話をされているのかもしれないし……」

しばらく悩んでいたサリーディアは、思いきって三階へと足を向けた。

階段を上って廊下に立つと、大きな扉が開け放たれている部屋があった。話し声が聞こえてくる。ヴィンセントとジェイムズだ。あの扉がヴィンセントの私室なのだろう。

お部屋にいらっしゃるみたい。

サリーディアは扉に近づくと…。

「お美しい方でございましたねぇ」

ジェイムズがしみじみ呟いた。

「ああ、美しい人だった」

ヴィンセントが同意する。

サリーディアは足を止めた。

どなたのことかしら…。

「美しくて、優しい人だ」

ヴィンセントの声は、その人を懐かしみ、慕っているように聞こえた。

聞いていてはいけないと思った。早くこの場から離れよう、と。

けれど、誰のことなのか気になったサリーディアは、そっと中を覗き見た。

ヴィンセントは椅子に座り、何かを手にしていた。それを、ジェイムズが立ったまま見下ろしている。

何かしら…。

「何度見ても美しいお手でございます」

ジェイムズの言葉にヴィンセントが頷くと、手にしていたものを広げて翳《かざ》した。

それは、美しい刺繍が施された女性物のハンカチだった。白いハンカチに、濃く深い緑と赤の色が見える。

刺繍は、ミルドレン伯爵家の紋章の素となったイチイの葉と赤い実だった。ハンカチの縁に沿って、濃い緑色の糸が螺旋《らせん》状の葉を描き、赤い糸で綴《つづ》られた実が葉の上に不規則に置かれている。

あれは、お母様のハンカチ？

母の手による刺繍に見えた。緑と赤の意匠を、サリーディアは覚えている。

どうしてお母様のハンカチをヴィンセント様が…。

母は身体が弱く、外に出ることが少なかった。サリーディアの記憶では、ミルドレンの邸近くを散策する程度で、遠出したことがない。

ヴィンセントがミルドレン伯爵家に来たという記憶もない。ヴィンセントは目立つ外見をしている。来れば、噂になったはずだ。

お母様を知っていらっしゃるの？

「ヴィンセント様、先ほどのお話、あれはもうお決めになったのですか？」

「最初からそのつもりだった」

「ですが、サリーディア様がどう思われるか…」

自分の名前が出たので、サリーディアは扉に身体を寄せた。

「現伯爵夫人が居座っている限り、サリーディアはミルドレン伯爵家の名を継ぐことはできまい。私はサリーディアには幸せになってほしいと思っている。伯爵夫人も願っているはずだ」

ヴィンセントはハンカチに目を落とした。

「残されているのは、他家に嫁ぐことだけだ」

私が嫁ぐ？

サリーディアは血の気が引いた。

「それでサリーディア様がお幸せになれますでしょうか？」

「私の情婦になったのだと思い込んでいるのだぞ。そうでないと知れば喜ぶに決まっている。ああいうことになってしまい、サリーディアにはすまないと思っている。現伯爵夫人があそこまで業突《ごうつ》く張《ば》りだとは思わなかった。私の考えが甘かったとしか言いようがないが、オークションに割り込む形を取ってしまったから、ミルドレンの邸から連れ出すには、あれしか方法がなかった」

サリーディアを抱いたのは苦渋の決断だったのだ、とヴィンセントは言った。

「サリーディアの結婚相手には、資産がある誠実な男を探している。エドワードなら、と思ったのだが…」

「お断りになられたのでしょう」

「どうしてわかる。話もよくしているし、似合いの年頃だ。サリーディアの何が不満だ！あれはよい娘だ」

ヴィンセントは机を叩いた。

あれはよい娘だ。

私のことを、そんなふうに思っていてくださったの？

「サリーディア様に問題があるのではございません。エドワード様が躊躇《ちゅうちょ》される理由があるのです」

「私がサリーディアを抱いてしまったからか？」

「エドワード様はなんと…」

「申し訳ありません、の一点張りだ」

ジェイムズは、そうでございましょうね、と呟いた。

「サリーディア様をお手放しにならなくてもよろしいのでは…。私ども別邸の使用人は皆、サリーディア様をお慕いしております。ヘキなどは崇拝しているほどです。あの方がお越しになって、ここは明るくなりました」

サリーディアはわなわなと震える唇を噛んだ。嬉しくて、泣き出してしまいそうだったのだ。

「ここに置いておけと。それでどうするのだ。ずっとここで飼い殺しにするのか？　まだ十七だぞ！　サリーディアには未来がある。誰かに嫁いで子供を生《な》すことで、幸せになれる。それが最善の方法だ」

いいえ、違うわ！　嫁いだって、私はちっとも幸せじゃない！

「ですが、サリーディア様のお気持ちはどうなるのです」

「貧乏貴族が結婚相手でも、ここにいるよりはマシだろう。金がなければいくらでも援助すればいい」

はぁ、とジェイムズが納得しかねる返事をする。

「ミルドレン伯爵令嬢で結婚相手を探すのが無理ならば、私の養女にしてホズウェル侯爵家から嫁がせればいい。侯爵家と縁戚になれると聞けば、上手くいけば侯爵家も手に入るかもしれないのだから、飛びつく者もいるだろう」

どうしてそんなことをおっしゃるの。ヴィンセント様のお傍にいたい！　この別邸で暮らしたいの！

サリーディアは叫んでしまいそうになり、両手で口を覆った。

「先日王都に出向いた時、国王陛下にはその旨お願いした」

「お考えは変わりませんか？」

「変わらぬ。それがサリーディアの幸せのためだ」

馬の嘶きが聞こえた。

「早馬でしょうか？」

「エドワードだろう。調べさせていた情報が来たようだ」

ヴィンセントはハンカチを折り畳むと、細かな飾り彫りの施された小物入れに大事そうにしまい、立ち上がった。階下に下りるのだ。

サリーディアは素早く扉の陰に隠れた。

二人はサリーディアに気づかないまま足早に私室を出ると、一階へ駆け下りていく。

サリーディアはその場から動けなかった。

両手が冷たくなり、眩暈がする。

階下では慌ただしい足音が交錯し、ヴィンセントに何か報告しているエドワードの声が聞こえた。よくやった、と吠えるようなヴィンセントの声もする。

サリーディアはよろよろと扉の陰から出て、ヴィンセントの私室の前に立った。

壁には書棚や飾り棚があり、書き物机と椅子、ソファーやオットマンなどが置かれているが、広い私室は簡素だった。絵は一枚も飾られていない。置物などの装飾品も一切なかった。

唯一の彩りは、瑞々《みずみず》しい黄色のバラの花が部屋の隅に飾られているくらいで、今のヴィンセントがここで寛《くつろ》ぐことはほとんどなさそうだ。

サリーディアはしばらく逡巡《しゅんじゅん》していたが、後ろめたさを感じながら私室に足を踏み入れた。寝室は扉を隔てた隣の部屋なのだろう。

ゆっくりと、書き物机に近づいた。机の上に置きっぱなしになっている小物入れをじっと見つめ、サリーディアは思いきって蓋を開けた。

中には四つ折りにされたハンカチが一枚入っていた。少し黄ばみ始めているハンカチには、イチイの葉と実の刺繍が施されている。

「間違いない」

母のハンカチだった。


長く降り続いていた雨がやんでからは青空が広がり、これまでの曇天が嘘のように晴天が続いていた。

ヴィンセントとジェイムズの会話を聞いた日から、のどかだった別邸は、さながら戦場の砦《とりで》のようになっていた。

ホズウェル侯爵家の兵士だけでなく、ラゴとラゴの一族の男衆、さらに、近衛兵《このえへい》も頻繁に別邸を出入りするようになった。ヴィンセントはエドワードとともに、毎日馬で出掛け、帰ってくるのも真夜中だったり、少しだけ休んで再び出掛けていったりすることもあった。

何かが動きだしていた。

「パミルとの戦《いくさ》が始まるのでしょうか？」

ヘキが不安な面持ちで聞いてくる。

「ジェイムズは心配ないと言っていたから、大丈夫でしょう。ラゴ様はヘキに何かおっしゃっていた?」

ジェイムズはヴィンセントから聞かされているようだが、一切口にしない。

「ラゴ様は何も。父がキャンプに来たので聞いてみたのですが…」

お前が気にすることではない。別邸での務めをしっかり果たせ、と頭を撫でるだけだったという。

子供扱いされました、とヘキがふくれっ面になったので、サリーディアは微笑んだ。

「お父様がそうおっしゃるのなら、信じましょう。私たちがここで右往左往しても、どうにもなりません」

「ですが、近衛兵のお姿まで…」

戦になれば、ヴィンセントは別邸になどいないはずだ。

「もしも戦が始まるのだとしても、私たちはいつもどおりに暮らすしかありません」

「ジェイムズ様にも注意されました。浮足立たないように、と」

「そのとおりです。私たちにできることは、ヴィンセント様たちのお疲れが少しでも癒せるよう気を配ること、準備を怠らないことです」

「昨日あんなにたくさんの焼き菓子をお作りになったのは、そのためなのですね。サリーディア様は、いろんなことをお考えになっていらっしゃるのですね」

きらきらと光る青い瞳が、サリーディアを見つめる。

サリーディアは顔が引きつらないように微笑んだ。

焼き菓子をたくさん作ったのは、ぼんやりしていて小麦粉の分量を量り間違えたからだ。間違いに気づかないまま、ミルクや卵を混ぜてしまったので、途中で減らせなかった。なので、昨日はいつもの二倍の量の焼き菓子を焼いた。

「さあ、始めましょう。昨日のステッチを使って、今日はこれを刺してみましょうか」

サリーディアは話を打ち切って裁縫箱を開けた。ヘキの純粋な瞳に見つめられるのが、くすぐったくなったのだ。

ぴんと張られた生地に、ヘキが一針ずつ色糸を乗せていく。真剣なまなざしだ。サリーディアも針を手にした。

だが、ちっとも進まない。

ヴィンセントとジェイムズの会話が頭の中で繰り返され、今日嫁げと言われるのではないか、明日ここから出ていけと言われるのではないか、とサリーディアは毎日びくびくしていた。

ヴィンセントの傍にいたい。ここでずっと暮らしたい。ヴィンセントが本邸に戻り、離ればなれになったとしても、心の傍らには常にヴィンセントがいる。

それでいい、と思っていたのに…。

考え始めると、出口のない迷路に入り込んでしまう。

他の方のところへなんて、嫁ぎたくない。私の胸の内もご存じないくせに、どうして勝手に決めておしまいになるの？

泣かないと決めた。もう泣くまい、と。

しかし、挫けそうになる。

いけない、ヘキがいるのに。

何気ない素振りで目頭を押さえ、生地に針を刺して引き、また刺して、サリーディアは気持ちを切り替えようとする。

嫁いでも、相手を愛することはできないだろう。どんなに優しくても、どんなに愛されても。

跡継ぎを残すのが貴族の妻の役割でもある。けれど…。

「サリーディア様？」

ヘキの声にはっとして顔を上げると、ヘキは心配そうな顔でサリーディアを見ていた。

「あ、何かしら。わからないところでもあるの？」

心配そうな顔が、困った顔に変わった。

「終わったので、出来上がりを見ていただこうかと…」

「え？」

ヘキが手にしていた生地には、白と黄色の斑《ふ》が入った緑色のクローバーの葉が並び、ほんのり生成《きな》り色の花が白い生地の上に飛んでいた。

なかなか見事に仕上がっている。

サリーディアはヘキと同じ意匠を刺し、出来上がりを比べて指導していた。ヘキよりも当然手が早いので、いつもはヘキが終わるまで違う意匠を刺しているのだが、クローバーの刺繍は半分も終わっていなかった。

「ごめんなさい。私、ぼんやりしていたみたい」

つい、物思いに耽《ふけ》ってしまう。

「お心を悩ますことが、何かおありなのですか？　このところご自身のお考えに深く沈んでいらっしゃることがあるようにお見受けします。声をおかけしてもお気づきにならないことがたびたびあるのですが…」

お悩みがあるのなら打ち明けてください、とジェイムズにも懇願された。

「多分、ヴィンセント様やエドワード様のことが心配だからだと思うわ。ヘキには浮足立たないように、って言っておきながら、自分が動揺していてはダメね」

ジェイムズに言ったのと同じような言い訳をしたけれど…。

「差し出たことを申しましたが、少しでもサリーディア様のお力になりたいのです」

ヘキもジェイムズ同様納得していないようだ。表に出さないようにしているつもりでも、傍から見ているとわかってしまうのだろう。

「ありがとう、ヘキ。心配かけて、ごめんなさい」

「あの…、サリーディア様。明日、森のほうにお出掛けになりませんか？」

「森へ？」

「はい。乗馬はお好きですか？　晴天が続いて、ぬかるみもすっかり乾きました。馬も足を取られることはないですし、泥跳ねしてお召し物が汚れることもありません」

母が元気だった頃はサリーディアの馬もあり、乗馬を楽しんでいた。

「横乗りならできるけれど…」

「きっとお心が晴れると思います。近くには清水が湧いているところや、焼き菓子に使える木の実が生る木もあります」

クローバーの野原には散策に出掛けるが、森のほうまでは足を伸ばしたことはない。

「ヴィンセント様がお忙しくしていらっしゃるのに、いいのかしら」

「実は、ジェイムズ様からお勧めするよう言いつかったのです。ガーデナーや他の使用人も、お身体の具合が悪いのではないかと心配しています」

こんなにも私のことを気遣ってくれるなんて、なんて幸せなことでしょう。

「じゃあ、明日は出掛けましょうか」

「はいっ！　馬の手配と、台所頭に明日のお弁当を頼んでおきます」

ヘキは嬉しそうな顔で刺繍の道具を片づけ、軽い足取りで仕事に戻っていった。

「なんだかヘキのほうがお姉さんみたい」

ヘキは毎日いろんなことを吸収している。刺繍も上手になった。始めた頃とは雲泥の差だ。菓子作りも手伝ってくれるので、いずれひとりでも焼き菓子が作れるようになるだろう。

なのに、自分はちっとも成長していない。

サリーディアは刺しかけのクローバーの葉を眺め、溜息をついた。

嫁げと言われることより、もっと気になっていることがあったのだ。

それは、ヴィンセントの持っている母のハンカチだ。

お美しい方でございましたねぇ。

ジェイムズも母を知っているような口ぶりだった。そして、ヴィンセントも。

ああ、美しい人だった。

優しい顔で、母を懐かしむように言っていた。

「ヴィンセント様とお母様はどこで会ったのかしら」

美しくて、優しい人だ。

「今でもずっと、そう思っていらっしゃるのね」

ハンドラをミルドレン現伯爵夫人と呼ぶのは、母が正式な伯爵夫人だと思っている証なのだ。

多額の金をハンドラに支払い、ラゴたち一族のハイデルガを譲ってまで自分を引き取ったのは、母の娘だったからではないか。

「だから私を助けてくださった」

ずっと疑問だった。

どうして自分を買ったのか、ということを。

もう考えないでおこうと決めたけれど…。

「お母様のため」

その答えはこれだったのだ。

ヴィンセントは母のハンカチを宝物のように扱っていた。

「ヴィンセント様がお母様をお好きになるのは当然だわ」

母は美しい人だった。優しく、慈愛に満ち、いつも微笑んでいた。誰からも慕われ、誰をも慈しんだ。

サリーディアはそんな母に憧《あこが》れていた。母のような女性になりたかった。

「でも、私はお母様のようになれないわ」

きっと、母とあまりに違うから、ヴィンセントは自分を遠ざけようとしたのだ。

「私がお母様の娘でなかったら…」

手を差し伸べてはくれなかったのではないか。

サリーディアは両手で顔を覆った。

青空を見上げ、サリーディアは大きく深呼吸した。

「今日もいいお天気でよかった」

「はい。昨日寝る前に、晴れますようにと天にお祈りしました」

「まぁ。じゃあ、雲ひとつない青空は、ヘキのおかげね」

馬を引いて歩くヘキは、別邸のお仕着せではなく、一族の服を身につけていた。

アッシュは先に少し走ったり、まだかと催促するように振り向いて尻尾を振ったり、戻ってきてはヘキの横を歩き、また走っていくことを繰り返している。

「アッシュも森に行くのは楽しみなのね。ヘキは歩いていて疲れない？」

「サリーディア様、私は流浪の民です。歩くのは苦ではありません」

利口でおとなしいと馬丁が言っていたとおり、馬はヘキの歩みに合わせて進んでいく。

「本当におとなしい子ね」

「でも、足はとっても早いんです」

森までは遠いと思っていたが、クローバーの野原を飛び交う蝶や、アッシュの足元で跳ねる虫たち、空を飛ぶ鳥の姿を目で追い、あれやこれやとしゃべっているうちに森の入り口にたどり着いていた。

目指してきたのは赤レンガ造りのコテージだ。中には入らないが、外に赤レンガを積んで作られたテーブルと椅子があるのだ。

「水を汲みに行ってから火を熾《おこ》しますので、サリーディア様はここに座ってしばらく待っていてくださいますか」

ヘキが馬から荷物を下ろす。

「あら、水汲みなら私が行ってくるわ」

「とんでもございません！」

「ミルドレンの邸では、下働きのようなこともしていたのよ。でも、何もないところで火は熾せないから、それはお願いね」

サリーディアは恐縮するヘキの手からケトルを奪うと、清水の湧き出ている場所を聞いて、アッシュと一緒に森の中に入った。

木漏れ日の中を獣道のような細い小道を歩いていく。教えてもらったとおり小川にぶつかり、右手に進むと清水が湧いていた。片手ですくってひとくち飲んでみる。

「冷たくて美味しい」

アッシュも鼻面を水の中に突っ込むようにして水を飲んだ。

ケトルに水を汲み立ち上がると、アッシュは森の奥を見ていた。

「どうしたの？　何かいるの？」

サリーディアには木立しか見えない。

「ミルドレンの邸近くの森よりも広くて深いわね」

怪我をしたアッシュを見つけた時のことを思い出す。

「あの時は、怪我をしたあなたをお母様と見つけて……」

母の顔を思い出すと、胸が締めつけられるように苦しくなる。

これは、母への思慕ではなく、嫉妬だった。

大好きな母に対してこんな感情を持つことになろうとは……。

「ごめんなさい、お母様。お母様のことは大好きよ。でも……」

母よりもヴィンセントのことがもっと好きなのだ。

アッシュがサリーディアの顔を見上げていた。

「帰りましょう。ヘキが待っているわ」

来た道を戻ろうとすると、アッシュが森の奥を振り返る。

「リスやイタチがいるの？　もしかして、狼？」

森の入り口に近い場所なので襲っては来ないだろうが、怖くなったサリーディアはアッシュを促して小道を足早に歩いた。

コテージに戻ると、ヘキは辺りに転がっていたレンガを積んで竈を作り、すでに火を熾していた。小枝もたくさん拾い集めてある。

「サリーディア様、ありがとうございます。場所はすぐにわかりましたか?」

ヘキはサリーディアから受け取ったケトルを竈に乗せた。

「ええ、とっても美味しい湧水ね。ヘキはもう火を熾してしまったのね?」

「一族の子供は、馬に乗ることと火を熾すことを最初に覚えます。火はどこに行っても必要ですが、火種があるとは限りませんから。さあ、お座りになってください。台所頭が腕によりをかけて作ったごちそうです」

かごの中からサンドイッチやパイを取り出す。

「ヘキも一緒にいただきましょう。座って」

「いいえ、サリーディア様がお済みになった後にいただきます」

主とテーブルをともにするのは気が引けるのだろう。ジェイムズが厳しく躾《しつ》けているのだ。

「ジェイムズもいないし、誰も見ていないわ。ひとりで食べるのって寂しいの。ヴィンセント様とお食事をともにする機会はほとんどないでしょう? ヘキが給仕してくれて、ジェイムズも話につき合ってくれるけれど、同じものを食べることはないから」

私を元気づけてくれるのでしょ? とちょっぴり意地悪を言うと、ヘキは真面目な顔で頷いた。

アッシュにはチキンのパイを与えた。馬も近くで草を食んでいる。

「美味しかったわ。帰ったらお礼を言わなければ。ひと休みしたら、木の実を拾いに行きましょう」

「かごは空になりましたから、たくさん拾って帰れます」

おばばにもらったというお茶を、ヘキが淹れてくれた。

「いい香りね。それに、すーっとするわ」

「おばば様は果物やハーブで香りづけしたお茶をたくさん作っているのです。人は、匂いで安らいだり元気になったりするのだそうで、その時に応じて分けてくれます」

ヴィンセント様のお傍にいると安らぐのもそうなのかしら。

出掛けたきりのヴィンセントが気になった。

「ヴィンセント様たちはどうしていらっしゃるのかしら」

「昨日はお戻りになられませんでした」

ヘキの表情も暗くなる。

「ええ、何事もなければいいけれど」

「きっと今日はお戻りになられます！　サリーディア様の焼き菓子を楽しみに帰ってこられます」

「それは、エドワード様じゃないかしら？」

二人は声をあげて笑った。

足元で地面に伏せていたアッシュが、急にすっくと立ち上がり、とっとっとっ、と森の入り口が見える場所まで移動した。

「どうしたの、アッシュ」

ヘキがアッシュの傍まで行く。

落ち着きがなくなったアッシュは次第に緊張した様子になり、しきりと森の奥を気にしている。

アッシュの隣で森のほうを凝視していたヘキが、慌てて戻ってきた。

「サリーディア様！　あれを！」

森のほうを指差すが、サリーディアにはわからない。だが、木立の奥で、ちらちらと何かが動いているように見えた。

「誰か来ます」

馬に乗った男が数人連なって、森の奥からサリーディアたちのほうに向かってやってくる。

森の奥に住んでいる者だろうか。

アッシュが低い唸り声をあげた。

ヘキとサリーディアは顔を見合わせた。サリーディアが危険だという証拠だ。

しばらくして、サリーディアにも馬に乗った男たちの姿がはっきりと確認できるようになり、先頭を走る男の顔が見えた。

「あれは、お義兄様！」

一族の子どもたちが見たのはダミアンだったのだ。ダミアンはサリーディアの知らない三人の男を従えている。嫌な予感がした。

ヘキ、とサリーディアは小声でヘキを呼んだ。

「ここからお逃げなさい、ヘキ」

「サッ……！」

静かに、と鋭く囁き、ヘキの声を封じる。

「あなたは馬に乗って逃げるの」

「いいえ、サリーディア様がお逃げください。私がここで食い止めます」

こんな時まで、サリーディアの盾になろうとしてくれる。

「よく聞いて。私ではすぐに追いつかれてしまう。でも、あなたなら逃げおおせるわ」

「嫌です。サリーディア様を置いて逃げるなんて」

ヘキがサリーディアにしがみついた。

アッシュの唸り声が強くなる。

サリーディアたちが気づいたことに向こうも気づいたようだ。馬足が速くなるが、道が細く足場も悪いので、思ったほど近づいてこない。

「ヴィンセント様がお戻りになっていたら、あの方はすぐに助けに来てくださるわ」

お義兄様は私を殺しはしない。きっと、私の身体が目的なのよ。

コドリーたちに足を摑まれたことを思い出して恐ろしくなったが、サリーディは気丈に振る舞った。

「私がもし連れ去られても、絶対に見つけてくださる。エドワード様もラゴ様もきっと力を貸してくださる。でも、私たち二人とも捕まってしまったら…、お義兄様、いいえ、ダミアンの思う壺《つぼ》」

ヘキは嫌だというように頭を振る。

男たちは森から出ようとしていた。馬の足がさらに速くなる。

「ヘキ。これは主としての命令です」

ヘキが唇を嚙みしめる。

「彼らが来てしまう！　急いで！　さあ、行って、行くのよ！」

サリーディアが叫ぶと、ヘキは馬に向かって駆けだした。近くで草を食んでいた馬の手綱を取ると、そのまま馬を引っ張って走り始める。そして、ヘキは馬と並走しながら地面を蹴って軽々飛び乗り、すぐさま横腹を踵《かかと》で蹴ると一気に走りだした。

「アッシュ、あなたもヘキと一緒に行って！」

逃げるように言っても、アッシュは頑として動こうとしない。

「逃げたぞ！」

黒ずくめの男と髪の長い男が叫んで馬足を速め、ヘキを追いかけ始めたが、ヘキは見事な騎乗でどんどん遠ざかっていく。

逃げて、ヘキ！

追いかけていた男二人は諦めたようで、途中で手綱を引き締め戻ってきた。

ダミアンは三人の男を従えていた。皆剣を携えている。兵士崩れの傭兵《ようへい》だろう。

「サリーディア、お前は置いてきぼりか」

四人は馬から下りた。

「お義兄さま、三人も従者を連れて、偉くおなりになったのですね。いったい何をしにいらしたのです」

「さあ、何かなぁ」

ダミアンが笑った。

グルルル……とアッシュが唸る。

「ふん、まだ生きているのか野良犬め。そんなよぼよぼでサリーディアを守れるつもりでいるのか？　こっちは四人だぞ」

アッシュに向かって男たちが剣を抜いた。

「サリーディア、怪我をしたくなかったら、おとなしく俺についてこい」

「嫌よ、死んでも行くものですか！」

「ダミアン殿は嫌われているようだ」

男たちが笑った。

「うるさい！　笑うな！　お前たちがちんたらしているから、娘が逃げてしまったんだぞ！娘を連れて帰れないじゃないか！」

「あの娘にはついていけねぇよ。いい馬に乗ってたし、ありゃ、かなりの乗り手だ。あんたはその娘が欲しいんだから、それを連れて帰ればいいじゃねぇか」

黒ずくめの男が吐き捨てた。

「あの毛色の変わった娘を連れて帰れと、コドリー男爵に言われているんだ！」

サリーディアはコドリーの不気味な目を思い出し、身体が震えそうになった。

「あんな方と一緒になって、何をするつもりです」

「お前への興味は失《う》せたとさ。あの娘がよっぽど気に入ったんだろうよ。この男たちを雇う金も出してくれたほどだ。目玉だけでも欲しいって言ってたからな」

「なんてことを…」

サリーディアは言葉を失った。

「まぁ、あの青い色はきれいだったが、目玉だけとは俺も驚いた」

よかった。ヘキを逃がしたのは正しかったのね。

「だが、娘を捕まえないと、ミルドレン伯爵家は破産だ」

「破産？　どういうことです。ヴィンセント様はたくさんのお金をお義母様に支払ったはずです！」

「はんっ、そんなもの、ぱーっと使っちまったよ。お前だって知ってるだろ。母上とモンテロナは金食い虫だ。ほとんど残ってやしないさ！」

「ハイデルガの中洲も譲渡しました。あそこは豊かな穀倉地帯のはず」

「長雨のせいで、ハイデルガの中洲は水に浸かっちまった。今年はなんにも収穫できないとさ。雇った農民は皆逃げ出しちまったし、当てにしていた金もパアだ」

ラゴ様がもっと雨が降ればいいと言っていたのは、このことだったのね。だから、ヴィンセント様はお義母様に譲渡した……。

ハンドラはこれでハイデルガの中洲を手放すだろう。ヴィンセントが難しい土地だと言っていたのは、誰もがあの中洲を穀倉地帯にはできないからなのだ。

「早く連れていったほうがいい。逃げた娘が助けを連れてくるかもしれんぞ」

長い髪の男は、ヘキが逃げた別邸のほうをしきりに気にした。

「あの別邸には兵士は二人しかいないし、灰狼侯爵も昨日出掛けたきりだ。だが、さっさと済ませるか」

ダミアンはヴィンセントがいないのを見越してやってきたようだ。

森に来なければ、と後悔しても始まらない。

ヘキとジェイムズは、私のために勧めてくれたんですもの。

「なぁ、この娘で少し楽しませてくれよ」

弓を背負った男が下卑た笑みを浮かべ、サリーディアに近づいてくる。

「おい、そんなことをしたら、残った半分の金はないと思え」

ダミアンは剣先を男に突きつけた。ちっ、と弓を背負った男が舌打ちした。

「お前たちは雇われてるんだぞ。くだらんことを言ってないで、早く犬を始末しろ」

あんたが払うわけでもないのに、と男たちはダミアンに文句を言いながらアッシュを取り囲もうとする。

「やめて！」

「かわいいお前の頼みを聞いてやりたいが、野良犬は始末することに決めていたんだ」

アッシュはサリーディアを守ろうと、三人の男に向かっていった。

「アッシュ、ダメっ！　殺されてしまう！」

アッシュは次々に繰り出される剣をかいくぐって動き回る。

サリーディアはなす術《すべ》もなく、アッシュの戦う姿を見守るしかなかった。

剣を持てない、馬を走らせることもできない。自分はいつも役立たずで、守られてばかり。

あぁ…、アッシュ。

アッシュは弓を背負った男の足に嚙みつき、倒れ込んだ黒ずくめの男にのしかかり、長い髪の男に腕に爪を立てた。

だが、三対一では勝ち目がない。小さな傷を全身に負い、灰色の毛皮に血が滲んで次第に劣勢になっていく。

それでもアッシュは立ち向かった。サリーディアに近づこうとする者に、吠え、牙を剝く。

キャン、とアッシュが鳴いた。

アッシュは髪の長い男に後ろ足を深く切られた。灰色の毛皮が鮮血で染まった。

「アッシュ！」

「おい、俺にやらせろ」

怪我をしたアッシュなら倒せると思ったのか、後ろに下がっていたダミアンが意気揚々と前に出てきた。

アッシュはサリーディアとダミアンの間にいた。激しく呼吸しながら、怪我をした後ろ足を地面につけたり上げたりしてよろめいている。傷が痛むのだろう。

「楽には死なせてやらないからな。手足を切り落として目玉をくり抜いたら、腸がぐちゃぐちゃになるまでゆっくりと何回も刺してやるよ」

剣をちらつかせて偉そうなことを言っても、アッシュが唸るとダミアンは及び腰になる。

くそっ、野良犬め、と悪態をつきながら、距離を取ったままだ。

そんなダミアンを、男たちは助けるでもなく、嘲笑《ちょうしょう》したまま見ていたが…。

「おいっ、まずいぞ!」

黒ずくめの男が叫んで指差した。

マントをたなびかせた二騎が、こちらに向かって疾走してくる。一騎は大柄で、灰色の髪が陽光に輝いていた。

「ヴィンセント様!」

後ろを追ってくるのはエドワードだろうか。

助けに来てくださった。よかった、ヘキは無事に着いたんだわ。

「俺は灰狼侯爵とやり合うなんてゴメンだ!」

黒ずくめの男が言った。

「四対二だぞ、臆病者め!」

ダミアンは黒ずくめの男を罵《ののし》った。

「バカ野郎、十人いたって勝てるもんか。灰狼侯爵相手じゃ、命がいくつあっても足りやしない。わからないのか!」

「お前、あの男がどれだけ強いか本当に知らないのか? 近衛隊に入らない貴族の坊ちゃんは、これだから困る」

髪の長い男も吐き捨てた。

「俺をバカとかお前とか言うな！　仕事をしないなら、払った半金を返せ！」

ダミアンは癇癪を起こした。

「そんなことを言ってる場合か！　時間がない。もう諦めろ、行くぞ！」

弓を背負った男は、自分の馬の手綱を手にする。すぐにでも逃げたいのだろう。

「行くなら早く行って！　もう二度と来ないで」

サリーディアは傷ついたアッシュの傍に寄ろうとした。

「いいや、犬だけは始末する」

ダミアンが剣を振りかぶる。

「やめて！」

咄嗟にサリーディアはアッシュに飛びつき、地面に伏せた。

ダミアンはすでに剣を振り下ろしていた。剣先がサリーディアを襲った。

「うっ！」

背中が火傷《やけど》をしたような熱さに襲われ、サリーディアはアッシュの身体を覆うように倒れ込んだ。

サリーディアの右肩から左の脇腹に向かって、服が切り裂かれていた。破れ目から白い肌が現れ、赤い筋が浮かぶと血が流れ出した。

「サリーディア！」

ヴィンセントが自分を呼ぶ声が遠くから聞こえた。

「ヴ、…ンセント、さ…ま」

ヴィンセントに駆け寄りたいのに、サリーディアは身体を起こすことができない。身体の下には、ゼーゼーと呼吸を繰り返すアッシュがいる。

「アッシュ……」

死なないで、アッシュ。死なないで…。

アッシュの身体が暖かかった。とても気持ちよく感じる。

「なんでだ！　なんでこうなるんだ！」

ダミアンは剣を手にしたままぶるぶる震えていた。初めて人を切ったのだ。

「来る…、来るっ！　灰狼侯爵だ！　早く逃げろ！」

「ボケッとするな！　逃げるぞ！」

弓を背負った男が馬に跨って急《せ》かし、髪の長い男がダミアンの肩を掴んだ。

ぐわっ、と叫んで弓を背負った男が落馬した。皮肉なことに、弓を持っていて弓で射抜かれたのだ。エドワードが次の弓をつがえていた。

「もうダメだ。助けてくれっ！　投降する。頼む、殺さないでくれ！」

黒ずくめの男は剣を投げ捨て、両手を上げた。

ヴィンセントの姿はもう目と鼻の先だ。

髪の長い男も剣を地面に放り投げ、組んだ両手を頭の上に置いた。

「あいつのせいだ。あいつのせいで！　あいつさえ来なければ」

ダミアンはひとりぶつぶつと口の中で呟き、剣を構えて迫りくるヴィンセントを睨みつけている。

「サリーディア！」

ヴィンセントが馬から飛び下りた。

「…ヴィ……ト…」

サリーディアはヴィンセントに向かって手を伸ばしたはずだったが、微かに指先が持ち上がっただけだった。

サリーディアの姿を見たヴィンセントは、うおーっという雄叫びとともに走り出し、腰から大剣を抜き放つと、そのままの勢いで下から上へと振り抜いた。

剣を握ったままのダミアンの右手が、高々と宙を舞った。

サリーディアの意識はそこで途絶えた。


右を向いても左を向いても、揺らぎもしない闇《やみ》。手を伸ばせば、伸ばした手の指先が闇に溶け込んで見えなくなるほどの闇。

サリーディアは闇の中にいた。

お母様？　ロマエ？

呼びかけても、誰も返事をしてくれない。

アッシュ！　どこ？

自分の声が、うわんうわんと辺りに響いているようにも思えるし、声がまったく出ていないようにも思える。

ヘキ？　いないの？

立っているのか、横になっているのかも、サリーディアにはわからなかった。

ジェイムズ？

寒くて、自分自身を抱きしめようとする。けれど、身体が動かなかった。

助けて！　ヴィンセント様っ！

心細くて、サリーディアは耐えきれずに叫んだ。

ヴィンセント様、私はここよ！

ここにいる、ここにひとりでいるのだと、サリーディアはヴィンセントを呼んだ。

怖くてサリーディアは泣いた。泣かないと決めたのに、幼子のように泣いた。

今すぐにでも、あの広い胸に抱かれたかった。ヴィンセントの傍にいれば、こんな暗闇などちっとも怖くないはずだ。

ヴィンセント様！

力の限りに叫ぶと、ぎゅっと手を摑まれた。

ヴィンセント様！

もう一度呼んでみる。

すると、強い力で手を引っ張られ、サリーディアは闇の中をものすごい速さで飛ぶように進んだ。

右も左も、上も下も真っ暗闇の中、いったいどこに向かっているのか。

自分の手を引っ張っているのはヴィンセントなのか。

黒い闇がびゅうびゅうと音を立てて通り過ぎていく。

いや、自分が黒い闇から離れていっているのかもしれない。

闇がほんの少し薄くなった、と感じた時、辺りが次第に明るくなってきて、鮮やかな色彩が蘇った。

すぐそこに、揺らめく瞳があった。

サリーディアは見つめた。

ああ、美しいわ。なんてきれいなのかしら。

この美しい瞳を覚えている。

そう、お母様がいらっしゃいな、と呼んだら近づいてきて…。

「……おかあ、さ、ま…」

金赤色の光る瞳が、大きく見開かれた。

私は大人になったんですもの。お母様。焼き菓子はちゃんと分けてあげるわ。独り占めなんて…。

「……しな、い…わ」

「サリーディア!」

誰かが自分を呼んだ。

誰かしら…。今、焼き菓子をあげるのよ。

木漏れ日が揺れる。

「どう…ぞ」

「気がついたのか、サリュ!」

金赤色の瞳の輝きが強くなる。

お母様ったら、心配しないで。

一面のクローバーの野原は、暖かな日差しに包まれている。焼き菓子の甘くいい匂いがする。

「ロマエのお菓子、は、…美味しいの、よ」

うふふ…、ほっぺが落ちてしまうくらいに。

「サリュ！」

誰かが叫んだ。

その声に怯えたかのように、クローバーの野原がすーっと後方へと流れるように遠ざかっていく。

母の姿も、ロマエの焼き菓子も…。

どこへ行ってしまうの？　私を置いていかないで！

ひとりにしないで、と固く目を瞑る。

「サリーディア！」

ヴィンセントの声がして恐る恐る目を開けると、金赤色の瞳だけは、サリーディアの傍にいた。

「おお、ヴィンセント様、サリーディア様が…。よかった。本当によかった」

「サリーディア様！」

ジェイムズとヘキの声も聞こえる。

サリーディアが瞬《まばた》きすると、目の前に、無精ひげを生やしたヴィンセントが現れた。

あれは、ヴィンセント様だったのね。

金赤色の瞳が潤んでいるように見えた。

「サリーディア」

ヴィンセントが深く息を吐き、サリーディアの手を優しく撫でた。

背中の傷は右肩から背骨まで、さらに背骨の窪《くぼ》みを経て、脇腹近くまで続いていた。だが、傷は浅く、骨には達していなかった。

剣を扱い慣れていないダミアンのおかげと言ってもいいのかもしれない。切る、というよりも、肉の上に剣先を走らせただけだったようだった。剣の長さや相手との距離感も測れないまま、ダミアンは振り下ろしたのだ。

傷は浅かったが、長く切られたのと、血が多く流れたのとで、サリーディアはしばらく意識が戻らなかった。

近くの医師が呼ばれて傷が縫い合わされ、本邸からもホズウェル侯爵家おかかえの医師が連れてこられた。おばばは傷によく効く薬草で薬を練り、熱冷ましの薬を煎《せん》じた。

三人ともサリーディアの傷を見て、大丈夫だ、と言ったが、ヴィンセントはサリーディアにつきっきりだった。ヘキやジェイムズもサリーディアの傍から離れなかった。

そして、二日目の朝、ようやくサリーディアは目を覚ましたのだ。

アッシュは全身に傷を負っていたが、サリーディアの前に元気な姿で現れた。切られた足は少しだけ不自由になったものの、歩いたり走ったりできるようだった。

「ああ、アッシュ」

あなたにはいつも助けられてばかり。私はあなたに何もしてあげられないのに。

ジェイムズは、森に行くのを勧めなければよかった、と自分を責め、ヘキはどうしてもっと早く馬を走らせられなかったのか、と後悔を口にした。

「二人とも、もうそのことは言わないで。今度言ったら、刺繍糸で口をかがってしまうわよ」

二人は泣き笑いのような顔になった。

「元気になったら、また森へ行きたいわ。木の実を拾えなかったし、あそこの湧水はとっても美味しかったもの」

背中に大きな傷を負ったのは、自分の実家が原因だ。

父が再婚しなければ、ハンドラが自分を売りに出さなければ、ダミアンの心が歪まなければ、こんなことは起こらなかった。

ミルドレン伯爵家が、この厄災を持ち込んだのだ。ヘキが連れ去られていたらと思うとぞっとする。だから、怪我をしたのは自分でよかったと思った。

「サリーディア、朝食を一緒に取ろう。テラスに出てみないか」

一カ月ほどで、サリーディアは身体を動かせるようになった。と言っても、痛みはまだ残っている。

ヴィンセントはこの一カ月間、別邸から動かなかった。サリーディアのことに気を配り、ヘキのすることまで奪ってしまうほどに、サリーディアに心を砕いていた。

「とてもいい天気ですものね」

自分で歩いていくと言っても、ヴィンセントはサリーディアを壊れ物のように抱き上げて運ぶ。アッシュがヴィンセントの足元にまとわりついていた。

「おはようございます、サリーディア様」

テラスにはエドワードがいた。

「お戻りになられたのですね」

「ええ、先ほど。やっと片がつきました。ヴィンセント様、ご報告はまた後ほど」

ヴィンセントたちが動き回っていたのは、国王から依頼された貴族の間で行われている人身売買摘発のためだった。コドリーやダーネルなど、ハンドラが開いた夜会の参加者の他にも、多くの貴族が国王の名のもとに処罰された。

国内でかどわかされた者や、他国から連れ去られてきた者が大勢保護されたようだ。

ダミアンがどうなったのかは聞かなかった。ヴィンセントもエドワードも話そうとはしなかった。

サリーディアの身体がカウチにそっと下ろされると、ジェイムズとヘキが朝食を運んできた。

「待ってました！　いや、もうペコペコで」

「お菓子もあります」

ヘキが告げると、朝から菓子を食べるのか、とヴィンセントが眉をひそめる。

「本当はサリーディア様の焼き菓子が食べたいのです。台所頭の菓子も美味しいのですが、もっと美味しいものを食べてしまうと、満足できなくなってしまうんですよね。人間という生き物は欲深い」

エドワードは笑った。

「サリーディアはまだ調子がよくないのだぞ」

「ですから我慢しているではありませんか。焼き菓子がなくても、僕は仕事に勤《いそ》しんでおりますよ。ここしばらくは、いつもの倍働きました。でも、そろそろ食べないと禁断症状が出そうで…」

「まぁ、エドワード様ったら」

おかしくて笑うと、背中の傷が痛んだ。

「サリーディア、大丈夫か？」

顔をしかめたサリーディアを、金赤色の瞳が心配そうに覗き込む。

「平気です。時々痛むだけですし、今にそれもなくなるでしょう」

ヴィンセントは優しかった。愛されていると勘違いしてしまうほどに…。

怪我が治らなければいいのに。治らなければ、ずっとこのまま別邸で暮らせるのに。

そんなふうに思う自分が嫌になる。

ジェイムズやヘキだけでなく、ガーデナーはサリーディアのために毎朝美しい花を届け、台所頭はサリーディアの食事に気を遣い、使用人たちも、一日も早くよくなるようにと願ってくれている。

ラゴの一族もそうだ。

おばばが作る、傷に塗る薬や身体の調子がよくなるお茶の材料を、子供たちも含めた一族の皆が、方々へ探しに行ってくれたのだという。

なのに、怪我を負ったことを喜んでいる自分がいるのだ。

背中に大きな傷のある娘を、妻に望む者はいないだろう、と。

これでどこへも嫁がなくてよくなった、と。

「サリーディア、疲れたのではないか？　熱が出たのではないか？」

「いいえ、大丈夫です」

「無理はするな」

ヴィンセントに優しくされると心が痛んだ。

優しくされればされるほど、ヴィンセントとの別れが近づいてくるように思えた。

傷が癒え、焼き菓子を作りたいと願うと、そなたの好きなように、とヴィンセントは言った。

その日から、ヴィンセントは再びサリーディアから距離を取るようになった。本邸に戻ってしばらく別邸に帰ってこないことも増えた。

「エドワード様がおっしゃっていたのと同じね」

優しくされると、もっと優しくしてほしくなってしまう。

これまでの暮らしに戻っただけなのに、サリーディアは寂しかった。焼き菓子を焼いても、食べてもらえないこともある。

沈んでいるとヘキが心配するので、サリーディアは努めて明るく振る舞い、無理をしているので少し疲れてもいた。

ヘキが下がり、寝台に横になったサリーディアは、溜息をついた。

仰向けに寝ても、背中に痛みはなくなった。怖くて傷は見ていないが、大きな痕が残っているのは知っている。

傷が残っただけで、すべては元どおり。

これから自分はどうなるのか。

ヴィンセントの傍にいられるだけでいい。離れて暮らしていても、心は傍にあるのだから、と思っていた。けれど…。

「本当にそれでいいの？　サリーディア」

どこかに嫁げといつ言われるか。

ヴィンセントが別邸に戻ってくると、嬉しい半面、びくびくしている。

まるで、刑罰の宣告を待つ罪人のようだ。

自らの運命を受け入れるのはいい。だが、待っているだけでいいのだろうか。

『人生を切り開くのは自分自身だ。待っていたってなんにも変りゃしない。運命はね、自分で回し、欲しい未来を自分で摑むもんだ』

サリーディアはおばばの言葉に後押しされるように、寝台から出た。

寝台脇で眠っていたアッシュが顔を上げる。

「ねぇ、アッシュ。怖がっていても、何も変わりはしないわよね」

くうん、とアッシュが鳴いた。

「ヴィンセント様から嫁げと言われるくらいなら…」

いつか運命の歯車を回してくれる殿方が現れる、と母は言ったけれど、待っていても回してくれないのだ。

サリーディアは自ら歯車を回そうと思った。

「ヴィンセント様がお母様を愛していらっしゃってもいいの。私がヴィンセント様を愛しているのですもの。おばば様のように、私が愛する人の歯車を回すわ」

もしも上手くいかなくても、自分で決めたことだ。後悔はしない。

アッシュの頭を撫でると、パタパタと尻尾を振った。頑張れ、と言ってくれているような気がした。

サリーディアは決意して部屋を出ると、侯爵の執務室へと向かった。

部屋の前には、ちょうど中から出てきたジェイムズがいた。サリーディアの姿を見つけ、ほんの少しだけ目を見張った。

「以前、夜にここへ来た時も、ジェイムズがいたわね。ヴィンセント様は執務室に？」

「はい。机についてはいらっしゃいますが……」

仕事はしていないのだろう。

夜着にショールをかけた姿のサリーディアがこんな時間に来た理由を、ジェイムズは問わなかった。ただ、優しく微笑んだだけだった。

「聞いてもいい？」

「なんでございましょう」

「ほんの少しでもいいの。ヴィンセント様は私を愛おしいと思ってくださっているかしら」

「もちろんでございます」

「本当に？」

サリーディアの問いに、ジェイムズは深く頷いた。

「心から、サリーディア様を大切に思っていらっしゃるのです」

「ええ、知っているわ。でも…」

それはお母様の娘だから。

そのために、私財を投じて危機から救い、大切な土地まで譲り渡し、養女にまでしようとしているのだ。

ヴィンセントを幸せにしたい。

自分の心で、身体で、愛で。

すべてで。

サリーディアはそう思っている。

でも、ヴィンセントはどうなのか。

サリーディアに幸せになってほしい、と願っているのは間違いない。

しかしそれは、ヴィンセントが幸せにするのではなく、誰かがサリーディアを幸せにする前提で、なってほしいと願っているだけのような気がするのだ。

愛は歯車のように上手く嚙み合ってこそ育《はぐく》まれる。歯車の歯の大きさや形、回る速さ、どれかひとつが狂えば、回らなくなってしまう。

今ならわかる。母が亡くなって、父の歯車は狂ってしまったのだと。

「心から愛していらっしゃいます。幸せを願っておいでです」

「ヴィンセント様を愛しているの」

サリーディアは震える声で言った。

「存じております。サリーディア様、どうか、ヴィンセント様をよろしくお願いします」

ジェイムズは深々と一礼して去った。


サリーディアは深呼吸すると、執務室の扉を叩いた。

入れ、と声がしたので、扉を開ける。サリーディアだと思わなかったのだろう、ヴィンセントは驚いた顔をした。

「どうしたのだ、こんな夜更けに」

聞きたいことがあるのだと言うと、ソファーに座るように促される。ヴィンセントも隣に座った。

「話とは？」

「私は幼い頃、ヴィンセント様とお会いしていたのですね」

「…覚えていたのか」

「はっきりとではないのです。大きな木があったと思っていたのですが、記憶違いのようですし…」

「いや、違ってはいない」

大きな木はあったようだ。雷が二度落ち、燃えて朽ち果ててしまったのだという。

「それを聞きに来たのか？」

「ヴィンセント様は、母を好きだったのですか？」

「母というのは、ミルドレン伯爵夫人のことか？」

サリーディアが頷くと、ヴィンセントは怪訝な顔をした。

「いきなり何を聞くかと思えば…。好き、と言えばそうなのかもしれないが…」

「…そ、う、ですか…」

わかっていたこととはいえ、はっきり聞かされると涙が滲んでくる。

ダメ、泣かないって決めたのに。

「母を、愛していらっしゃるのですね。だから、私を救ってくださったのですね」

「意味がよくわからないのだが…」

サリーディアは頭を振った。

「母のハンカチを大切に持っていらっしゃることも、私をどこかに嫁がせようと考えていらっしゃることも知っています」

サリーディアは立ち聞きしてしまったことを詫びた。

「母は…、娘の私が言うのもなんですが、素晴らしい女性でしたから。ヴィンセント様が母のことを好きになるのは当然だと思います」

涙が零れ、頬を伝った。

「待ちなさい。そなたは何か勘違いしているのではないか？」

「それでもいいのです。それでも、私はあなたのお傍にいたい。どこにも行きたくないの。ヴィンセント様が…好きなの」

サリーディアの告白を聞いたヴィンセントは、啞然とした顔をしていた。

「妻になりたいわけではありません。ただ、ここにいさせてほしいのです。お傍にいたいのです」

「…私の姿が、私の目が怖いのではないのか？」

「え？　そんなこと、一度も思ったことはないです」

ヴィンセントは虚を突かれたような顔になった。

「だが、私と目が合っても、いつも逸らして…」

「それは…、恥ずかしかったからです」

サリーディアが目を伏せる。

「しかし…」

「では、私もヴィンセント様にお聞きしますが、ヴィンセント様も私と目が合うと逸らされました。私が見るに堪えない姿だからですか？」

「バカな！」

「ですが、いつも…」

「違う！」

ヴィンセントは右手で顔を覆いながら、深く息を吐いた。

「そなたに口づけたくなるからだ」

サリーディアはぽかんとした顔をした。

「でも、ヴィンセント様は母のことが…」

「だから、それは勘違いだと申したであろう」

「嘘っ！　いつもヴィンセント様は私を避けていたわ」

「私はそなたを……」

口を開きかけて躊躇う。

サリーディアは待った。

「……愛しているのだ」

ヴィンセントはサリーディアをまっすぐに見た。

本当に？　ヴィンセント様は私を愛しているの？

見つめ合っていると、金赤色の瞳に吸い込まれそうだ。

サリーディアは視線を外そうとしてこらえた。ヴィンセントが気にすると思ったのだ。

「あの夜、ミルドレン伯爵家でそなたを抱いてから、会わないでおこうと決めた。会えば、自分のものにしてしまいたくなる。触れなければ、会わなければ手放せると思った」

「でも、ここで…」

サリーディアは机に視線をやった。ヴィンセントも自分が言ったことを思い出したのだろう。気まずそうな顔をする。

「あれは…、あれは、腹が立ったのだ。自分のことを情婦だなどと言うから…」

「ヴィンセント様が何を考えていらっしゃるのか、私にはわからなかったんですもの。私を見てほしかったの。なのに、あんなふうに…」

「すまなかった。だが、愛する娘があのような姿で誘うのだぞ。何もせずに我慢などできるものか。あれだけで我慢したのだ。褒めてほしいくらいだ」

ヴィンセントは拗《す》ねたように横を向いて言った。

その姿はいつもの堂々としたヴィンセントではなく、エドワードよりも子供っぽく映った。

「そなたには幸せになってほしい」

ヴィンセントはずっとサリーディアの成長を見続けてきたのだと言った。

「ミルドレン伯爵夫人が亡くなったと聞いた時、どれほどそなたの傍にいたいと思ったか」

サリーディアの父が亡くなった時は国境地帯にいて、情報を得ることができないまま大怪我をし、半年経って死を知ったようだ。

「もっと早く介入していれば、そなたはミルドレン伯爵家を継げたのだ。そして、あのように私に抱かれることもなかった」

「ヴィンセント様は私を救ってくださった」

「そうだ。だから、そなたは私を愛していると勘違いしているのだ。私がそなたの危急を救ったから」

「いいえ！」

サリーディアは叫んだ。

「誠実で優しくて、そなたを深く愛する者のもとに嫁いだほうが、幸せになれる」

いいえ、とサリーディアは何度も頭を振った。

「違います。私の気持ちを知ろうともせず、私のことを勝手に決めないで！　私はもう知ってしまったわ。私を誰よりも深く愛してくれている人を。誠実で優しくて強くて、けれど、傷つきやすい人を！」

サリーディアはヴィンセントの手を取った。

「お母様は、運命の歯車を回してくださる人が現れるとおっしゃった。でも、私はおばば様のように、自分の運命は自分で回します。私はずっとここにいたい。ヴィンセント様、あなたの傍にいたいの。妻になんてなれなくていい。毎日会えなくてもいい。年に数回しかお顔が見られなくてもいいの。ただ、あなたとともにありたい」

思いが溢れてくるのと同時に、涙も溢れてくる。

「ヴィンセント様を、愛しているの」

「サリーディア…」

泣きながらヴィンセントに抱きついた。もう離れたくないのだ、というように、強くしがみつく。

「サリーディア、そなたはいつも、私の心の中に飛び込んでくる」

ヴィンセントはサリーディアの髪を撫でて顔を上げさせ、涙を拭うと、自分の膝の上にサリーディアを乗せた。

サリーディアはドキドキしながら、ヴィンセントの肩口にことんと頭を乗せる。

私は…、とヴィンセントは語り始めた。

父と母の記憶はなく、どこの生まれなのかも知らないのだということ。幼い頃の記憶は断片的にしか残っていないこと。はっきりした記憶は、前ホズウェル侯爵と馬車に乗っているところから始まること。

「父は、前ホズウェル侯爵は知っているのかもしれないが、話してくれたことはない。父は変わった方で…、まぁ、私を跡継ぎにするくらいだから、何を考えているのかよくわからないところがあって」

この別邸で、侯爵家を継ぐための様々な勉強と、剣、弓、槍《やり》、馬、の訓練を長い間していたこと。辛くてよく逃げ出し、庭に隠れていたこと。

「あの日も、どこかに行ってしまいたいと思っていた。だが、デオダランでは異端とされるこの姿ではどこにも行けない。それで森へ行こうとしたら、そなたたちがいたのだ」

サリーディアと母とロマエは、王都に行く途中だったようだ。母の体調が悪くなり、コテージをひとつ借りてしばらく養生していたらしい。

当時ジェイムズは、ヴィンセントのお目付け役として別邸にいたので、サリーディアの母を知っていたのだ。

「私を見て泣かなかった幼子は、そなたが初めてだったのだ」

ヴィンセントは嬉しそうな顔をした。

大人の女性も悲鳴をあげて逃げていく者ばかりだったと言う。

「そんなっ、どうして」

「髪は染められるが、この目だけはな…。私を招いてくれた女性は、そなたの母が初めてだった。だから、ミルドレン伯爵夫人のような母がいたらいいのに、と思った」

寂しげに目を伏せる。

ヴィンセントは孤独だったのだ。

「そなたは私に焼き菓子をくれたな。私を見て笑いかけてくれた。王都に行くのを諦めてミルドレンの邸に帰る日、ここにいたいと、私とずっと一緒にいたいと泣いたことを、覚えているか？」

覚えていなかった。サリーディアは頭を振った。

「私が覚えているのは、きらきら輝く美しい金赤色の瞳だけ」

あの頃から、この瞳に魅入られていたのだろうか。

「そなたが私に向けてくれた笑顔が、心の糧《かて》だった。そなたの幸せだけが私の望みだった。あの日からずっと…」

ヴィンセントがサリーディアを強く抱きしめる。

「愛しているから、手放さなければならないと思っていたのだ」

「ヴィンセント様、私を放さないで」

「私とともにいてくれるのか？」

「はい、私があなたを幸せにします」

「私を愛してくれるのか？」

「私があなたに家族を作ります。あなたに似た子供をたくさん産むの」

「私に似た子を？　それは…」

ヴィンセントは戸惑ったような顔をする。その顔を、サリーディアは両手で包み込んだ。

「邸内がうるさくてかなわん、もう勘弁してくれ、ってあなたが逃げ出したくなるほどにたくさん産みます。あなたに似れば、強くて心優しい子になる。いっぱい愛してあげましょう。そうすれば、私は幸せになります」

サリーディアが微笑むと、ヴィンセントが泣きそうな顔になった。

「そなたを二度と放さない」

ヴィンセントの私室の奥の寝室に、サリーディアは運ばれた。ヴィンセントはステップを踏むようにらくらくと階段を駆け上がった。

ヴィンセントの寝室は質素で、寝台と、その脇に本が二、三冊置いてある小さな机があるだけだったが、寝台は大きかった。頑丈な樫《かし》の木で、身体に合わせて作られているのだ。二人が座っても軋みもしない。

唇をそっと触れ合せると、どことなく恥ずかしくて、なんだか照れくさい。見つめ合った二人は顔を赤らめた。

最初のうちは、互いの唇を遠慮気味に啄《ついば》んでいたが、甘い吐息を奪い合う激しさになるのはすぐだった。

ヴィンセントの舌が、サリーディアの口腔内を犯し、サリーディアはそれに答えようとヴィンセントの舌に自分のを絡ませる。

舌先で口の中を探られると、ぞくぞくするものが背中を這っていく。

ヴィンセントは口づけたまま、サリーディアの夜着の胸元のリボンを解こうとした。

「んっ、あ…」

サリーディアは突き飛ばすようにしてヴィンセントから離れた。

「あ…、私…」

背中の傷が気になった。

もちろんヴィンセントは知っているし、傷も見ただろう。しかし、改めて大きな傷を目にしたらどう思うだろうか、と不安になった。

「背中の傷が気になるのか？」

「気持ちのいいものではありませんから」

ヴィンセントは笑うと、自分の服をあっさり脱ぎ捨てた。

ヴィンセントの鍛え上げられた身体には、大小無数の傷があった。顔の傷はまだ小さいほうで、左胸から脇腹にかけて切り裂かれた傷が一番大きく、深い傷だったのだろう。皮膚が引きつれていた。

サリーディアは眉根を寄せた。

「気にするなとそなたには言ったが、確かに気持ちのいいものではないな。あまり見ないほうがいい」

「違います。違うの。そうじゃないの」

サリーディアが胸の傷に唇を寄せると、ヴィンセントは驚いたような顔をした。

「サリーディア？」

「よかった」

顔を上げて手を伸ばし、左目の傷を指でそっとなぞると、泣かないでおこうと何度も決意するのに、やはり涙が零れてしまう。

「生きていてくださって、こうして今、ここにいてくださって。嬉しい…」

ヴィンセントが生きていてくれたから、自分は救われたのだ。

「そなたのほうこそ、生きていてくれてよかった。もし、そなたがいなくなっていたらと思うと…。私はどうなっていたかわからない。血まみれで倒れている姿を見た時、私は自分を見失った」

エドワードに取り押さえられなかったら、ダミアンを虐殺していただろう、とヴィンセントは告白した。

首筋に唇を這わせながら夜着を滑り落とすと、ヴィンセントはゆっくりとサリーディアを押し倒した。

「そなたの肌に私の印をつけたかった」

あの夜、ヴィンセントがサリーディアに一度も口づけしなかったのは、手放すことを考えていたからだろう。

柔らかな唇が肌に触れるたび、小さな赤い花が、サリーディアの肌の上に咲いた。

「サリーディアは焼き菓子のように甘い」

ねろりと首筋を舐める。

「焼き菓子、お好きなの…ですか？」

「昔そなたがくれた焼き菓子を食べてから、菓子は好きになったが…」

これまで美味しいと思えるものがなかったから、ほとんど食べなかったらしい。

「ロマエのお菓子は特別な、の…」

「いや、きっと、そなたがくれたから旨いと思ったのだ。だから、そなたが作った焼き菓子を食べた時、昔食べた菓子よりも旨くて、言葉が出なかった」

執務室では、エドワードと焼き菓子の取り合いをしていたのだ、とヴィンセントは恥ずかしそうに言った。

「エドワード様もジェイムズも、ちっとも教えてくれなかったわ」

不満そうに言うと、かん口令を敷いたからな、と真剣な顔で言う。

サリーディアが満面の笑みを浮かべると、ヴィンセントは優しい口づけを額に落とした。

「サリュ」

サリーディアは目を見張った。

「その名で呼んでくれる人は、もう、誰もいないと…」

「愛している、サリュ」

「私も…愛しています」

「背中は痛くはないか？」

サリーディアは頷いた。

「印をつけて。私があなたのものだとわかるように、身体中にたくさん」

ヴィンセントの唇が肌を撫でるだけで、あの場所が疼いてくる。

別邸に来た頃はその疼きに悩まされたりもしたけれど、最近忘れてしまっていた感覚だった。

だが、昂りを飲み込んだ蜜壺の記憶は、サリーディアの身体に刻まれている。蜜壺はじわりじわりと蜜を湛え始めた。

鎖骨を甘噛みし、ヴィンセントの唇は乳房へと移っていく。

「あぁ…」

「もう尖っている」

大きな掌で丸みを包み込んで揉みしだきながら、弄られてもいないのにぷくりと尖った乳首を爪の先で梳《くしけず》る。

「あぁんっ！　ヴィンセント様っ！」

太くて武骨な指が繊細な動きで乳首を捏《こ》ね、潰された先端を舌先がくすぐる。

「ここがいいのか？」

「いやっ、…ぁ…んっ」

「嫌なのか？」

「ちがっ…」

もっともっと触れてほしい。

「どうしてほしいのか言ってみなさい」

「ヴィンセント様のいじわる！」

サリーディアが頰を膨らませると、ヴィンセントは嬉しそうに笑った。

「私は舞い上がっているらしい。サリーディア、閨で様はなしにしてほしいのだが」

「でも…」

呼んでみてくれ、とお願いされれば、うん、と言うしかない。

「ヴィンセント」

小声で呼んでみると、特別な響きになって聞こえた。

「もう一度」

「ヴィンセントっ……んぁ…っ、ぁぁ……」

サリーディアの乳房に噛みつき、白い丘に赤い花を散らしていく。

ヴィンセントは脇腹や臍《へそ》の周りにも印をつけた。強く吸い上げられるたび、ちりちりとした痛みが肌の上を走る。

そのたびに、ああ、そこにも、ここにも、とサリーディアは自分の肌を意識し、ヴィンセントのものになっていく喜びに浸った。

ころりと身体をうつ伏せにされる。

赤く肉が盛り上がった太い筋が、サリーディアの右肩から左の脇腹に向かって斜めに走っていた。

「そこは…、見ないで」

平気だ、と思っていても、やはり恥ずかしい。

「そなたが生きている証だ。すべてを見せてくれ」

右肩に、ヴィンセントの唇が触れ、傷に沿ってゆっくり舌先が左の脇腹に向かって進んでいく。

くすぐったくて、ほんの少し、ぴりっと痛くて、サリーディアは身をよじった。

「痛むのか？」

「くすぐったい」

「くすぐったいだけか？」

獣が傷を舐めて治すように、ヴィンセントはサリーディアの傷を消そうとするかのように舐める。

ああ、傷痕がなくなっていく。

背中の傷は消えなくても、強がって隠している心の傷が癒されていくのだ。

恥ずかしくなどないわ。

国王を守ったヴィンセントの身体の傷と同じだ、と思った。

アッシュを守った勲章ですもの。

口づけの花が、背中一面に咲き誇った頃、サリーディアは荒い息をついていた。思ってもみなかった場所が、くすぐったかったり感じてしまったりして、また、そこをヴィンセントが丁寧に愛撫《あいぶ》するので、喘ぎが抑えられなかったのだ。

両の足を割り広げられ、秘められた場所がさらけ出されると、すでに、あの場所は蜜を滴らせ、ヴィンセントを待っていた。

「こんなに濡れて」

「あぁ…、見ないで…」

叢《くさむら》を撫で、指が肉の狭間を探りだしたと思ったら、ヴィンセントは顔を寄せて舌を這わせた。

「ダメ、な…っ…あぁ…」

ねろりと肉の狭間を舐める。

「いやっ、そんなとこ…やぁっ！」

「初めて抱いた時も、執務室でも、こうしたかったのだ」

ヴィンセントの舌先が蜜を掬い、花弁をなぞる。柔らかな舌は、同じように柔らかな花弁に絡み、弄ぶ。

「あぁ…、ふぅ…ん…」

ヴィンセントの舌の動きに誘われるように、サリーディアの秘部はぴくぴくと蠢き、まるで手招きするように奥へと誘う。

肉筒の入り口でねろねろと舌が動き、唇で蜜を啜っていたかと思ったら、くちゅりと音を立て、舌が蜜壺に差し込まれた。

「んん…」

さらに、指が肉壁を削って中へ押し入ってくる。耳を塞《ふさ》ぎたくなるような音を立てて、指が蜜壺をかき混ぜ、サリーディアを喘がせる。

次第に肉壁を擦る指の動きが早くなる。羞恥と快感がない交ぜになったサリーディアの嬌声は一層激しくなる。

指の動きに合わせるように腰を揺らめかせていたサリーディアは、太腿の内側を甘噛みされた瞬間、達した。

「ヴィ…ン、ト…」

とろりとした視線で見上げると、目を細めたヴィンセントが見下ろしていた。サリーディアはふうっと息を吐いて、厚い胸板、割れた腹筋、と何気に視線下ろすと、昂ったヴィンセントの分身が下肢の叢に張りついていた。

「あっ…」

触れたこともある分身だが、あれが今から自分の中に納まるのかと想像すると、ぼんやりした頭の中に、はっきりした疑問符が浮かんだ。

あまりに大きくて入らないのではないか、と。

ヴィンセントがサリーディアの腰を抱え上げ、己の分身を蜜壺にあてがった。怒張した分身は脈打って、荒々しく呼吸しているようだ。

サリーディアは身を硬くした。

あの夜、幾度もこの昂りで身体の奥を突かれたけれど、あの時は媚薬があった。

「サリーディア、怖いか？」

怖いのだろうか…。

サリーディアは首を傾げた。

「私は怖い」

ヴィンセントが目を閉じた。

「なぜ…」

「なぜかわからん。あの夜は思わなかったが、今は怖くてたまらん。そなたが自分のものになると思ったら、急に怖くなった」

「ヴィンセント」

サリーディアは両手でヴィンセントの顔を包み、自ら足を大きく広げ、ヴィンセントを誘った。はしたないと言われてもいい、淫らだと言われてもいい。ヴィンセントとひとつになりたかった。

あてがわれた昂りが、肉壁を削りながら奥へと進んでくる。

「あああぁ…」

少しの痛みと、大いなる喜びにサリーディアは声をあげた。

「辛いのか?」

「いいえ…」

最奥までたどり着くと、ヴィンセントがサリーディアを抱きしめる。

「やっとあなたのものに…。嬉しい…」

ぽろりと涙が零れた。

「私もだ、サリュ」

ヴィンセントはサリーディアに口づけると、ゆっくり動きだした。

「うっ、ふぅんっ」

サリーディアの秘部のすべてを知り尽くしているヴィンセントだ。感じる場所を昂りで突き、肉壁を激しく擦る。

「はぅっ、…んん…、あっ、あぁ…」

サリーディアは嬌声をあげながら身体をくねらせる。

「くぅ…、っ、あぁぁ…」

快感に身体が震え、全身の産毛が総毛立つ。肉筒がきゅっと痙攣するようにヴィンセントの昂りを喰いしめ、それに抵抗するように、昂りは肉壁を抉《えぐ》る。

「あんっ！」

ヴィンセントの動きは一層激しくなり、ゆらゆら揺れるサリーディアの身体の上に、汗が降り注ぐ。

「ああ、っぅ…、もう、はうっ…！」

眩暈がしそうなほどの快感が全身に走り抜け、サリーディアの目の前が白く輝いた。

ヴィンセントが溜息のように息を吐く。

白濁が肉筒の奥に放たれた。

媚薬を使っていないのに、サリーディアの秘部はヴィンセントの昂りに喰らいついたままだった。

「どうして…」

「もっと欲しいのだろう?」

サリーディアはこくこくと頷いた。

もっと欲しかった。もっと激しく貫いてほしかった。

「私、恥ずかしい。なんて淫らな…」

「そなただけではない。私も同じだ」

ヴィンセントはサリーディアの身体を自分の身体に跨るように起こした。

「ひっ……!」

達したはずのヴィンセントの分身は、もう勢いを取り戻していて、さらに深く秘部を犯される。

すぐさまヴィンセントが動き出した。

「ああっ! ふぅ…んん…っ…あんっ…」

下から突き上げられるたび、喘ぎ声が出て、呼吸すらままならなくなる。けれど、サリーディアはもっと深く繋がろうとするかのように、ヴィンセントの腰に足を絡めた。

あの夜はサリーディアがヴィンセントを求めたが、今夜は、ヴィンセントがサリーディアを求め続けた。

口づけしながら、隙間がないくらいに抱き合いながら、はたまた、細腰を鷲掴《わしづか》みにされて、獣のように背後から、犯された。

「サリュ、愛してる」

白く美しい身体のすべてを使ってヴィンセントを悦ばせ、サリーディアは己が身体を与え続けた。

何度も、何度も。

灼熱《しゃくねつ》の肉の塊が、サリーディアの身体の奥を焼き尽くすまで…。


サリーディアがヴィンセントの腕の中で深い眠りについている頃、ヘキは青い顔でジェイムズのもとに走り、サリーディアがいないと訴えていた。

ジェイムズは、サリーディア様は別邸で一番安全なところにいらっしゃるから心配ない、と微笑み、珍しく早起きして二人の会話を聞いていたエドワードは、嬉しそうにひとり呟いた。

「ヴィンセント様に、やっと春が来たかぁ…」

三ヵ月後、二人は結婚した。

侯爵家の挙式とは思えないほどの慎ましやかな式と披露だった。別邸の使用人たちに参列してほしいという、サリーディアの希望からだった。

国王がお忍びで参列していたのには、サリーディアだけでなく、ヴィンセントも驚いていたけれど…。

その一ヵ月後、アッシュはサリーディアの母のもとへと旅立った。

親友であり、妹であり、姉でもあり。母が亡くなってからは、母の代わりとして、サリーディアの守り神として、アッシュはいつも傍にいた。

ヴィンセントの腕の中にいるサリーディアをもう守る必要はないのだ、と見定めたかのような旅立ちだった。ぺろりとサリーディアの手を舐め、くうんと鳴いた後、まるで眠るように息を引き取ったのだ。

ヴィンセントはミルドレン伯爵が事故死してから、ハンドラの元夫たちの不審な死を調べていた。サリーディアの父は事故死だったが、それ以前の夫たちの死はハンドラの仕業とはっきりした。

ミルドレン伯爵家の爵位は国王預かりとなった。

ハイデルガの中洲はラゴの一族に戻った。一族の皆は、意気揚々とハイデルガに帰っていったが、子供がひとり、ガーデナーのもとに残ることになった。手伝いをしていて仕事が好きになり、自分からガーデナーに弟子入りしに来たのだ。

翌年、サリーディアはヴィンセントによく似た男の子を産み、後に、二人の男の子とひとりの女の子、四人を儲《もう》けた。

ヴィンセントに似た、サリーディアに似た、そして、二人に似た子供たちは、ホズウェル侯爵夫婦の宝となった。

ヴィンセント同様、サリーディアは社交界にはめったに顔を出さなかったが、公務で忙しい夫を支えて侯爵夫人としての仕事をこなし、ホズウェル侯爵家を守った。

本邸で暮らしても、別邸で過ごしても、サリーディアは焼き菓子を作り、刺繍を楽しみ、子供たちを慈しんで、使用人たちを家族のように大切にした。

「私を一番愛しているのではないのか？」

時々、そんなふうに少し拗ねるヴィンセントは、サリーディアを心から愛し続けた。

そして、そんな夫にサリーディアが必ず返す言葉は…。

「私が運命を回そうと決めたのは、あなただけ」

あとがき

こんにちは、猫派の早瀬亮です。

我が家には猫がいるのですが、時々獲物を持ってきてくれます。そろそろヤモリの捕獲シーズン到来。ドヤ顔でヤモリを咥えてくるので、猫を褒めたたえておやつをあげつつ、ヤモリを掴んでこっそり逃がします。

我が家のヤモリが絶滅しないことを祈ろう。

猫好きな私ですが、犬も好きです。でも、三角の立ち耳に限定されます。日本犬の六種はどれも三角お耳で、くるりとしたしっぽがかわいいですね。

飼いたいんですけど…。毎日散歩に行くことを考えると、縁側で猫とだらだらしているのが好きな無精者の私には、無理だろうなぁ。

さて、お話には狼犬アッシュが登場します。大きくて美しい狼の姿は、動画で見ていても目を奪われます。

世界には、野生の狼と暮らしていたオジサンや、群れのリーダーとして君臨していたとんでもないオジサンがいます。狼の群れに溶け込んでいるオジサンが遠吠えすると、狼が答えてくれるんですよ。羨ましい。

成瀬先生が描いてくださったキャララフのデータを開けると、最初の画像がアッシュでした。あまりの素晴らしさに「アーッシュ！」と叫んでお祭り状態に。さらに、狼のようにかっこいいヒーローと、かわいいヒロインにうっとり。

成瀬先生ありがとうございます。ジャケット楽しみにしております。

今回、締め切りを勘違いしていた私は、間に合わないっ！　と崖っぷち状態でした。きっと私以上に、担当様はドキドキだったことでしょう。次は大丈夫ですから。ええ、た、多分…。お世話になりました。携わってくださった方々にもお礼申し上げます。

そして、この本を手にしてくださった皆様、ありがとうございました。

早瀬亮

早瀬亮先生、成瀬山吹先生へのお便り、
本作品に関するご意見、ご感想などは
〒101-8405
東京都千代田区三崎町2-18-11
二見書房　ハニー文庫
「灰狼侯爵と伯爵令嬢」係まで。

本作品は書き下ろしです

Honey Novel

灰狼侯爵《はいろうこうしゃく》と伯爵令嬢《はくしゃくれいじょう》

【著者】早瀬亮《はやせりょう》

【発行所】株式会社二見書房
東京都千代田区三崎町2-18-11
電話　03(3515)2311[営業]
　　　03(3515)2314[編集]
振替　00170-4-2639
【印刷】株式会社堀内印刷所
【製本】ナショナル製本協同組合

落丁・乱丁本はお取り替えいたします。
定価は、カバーに表示してあります。

ISBN978-4-576-15085-7

http://honey.futami.co.jp/

甘くとろける蜜の恋☆濃蜜乙女レーベル
Honey Novel

早瀬 亮の本

口づけに酔わされて

イラスト=時計

シリーズの稀少本を借りるため、筆頭侯爵家のラストラドに一冊一回口づけを許す約束をしたレイノラ。しかし約束のそれは濃密すぎて…

甘くとろける蜜の恋☆濃蜜乙女レーベル
Honey Novel
王子の溺愛
～純潔の麗騎士は甘く悶える～
Novel
桂生青依
Illustration
芦原モカ